Syurga I

Kota itu berkilauan seperti batu permata,
seperti batu jasper yang hening seperti kristal.
(Wahyu 21:11)

Syurga I

Sejernih dan Seindah Kristal

Dr. Jaerock Lee

Syurga I: Sejernih dan Seindah Kristal oleh Dr. Jaerock Lee
Diterbitkan oleh Urim Books (Wakil: Kyungtae Noh)
73, Yeouidaebang-ro 22-gil, Dongjak-gu, Seoul, Korea
www.urimbooks.com

Semua Hak Cipta Terpelihara. Keseluruhan atau sebahagian buku ini tidak boleh diterbitkan semula dalam apa jua bentuk, disimpan dalam sistem dapatan semula, disebarkan dalam apa jua bentuk atau dengan apa jua cara, biarpun secara elektronik, mekanikal, fotokopi, rakaman atau lain-lain cara, tanpa terlebih dahulu memperolehi kebenaran bertulis daripada penerbit.

Melainkan dinyatakan, semua petikan Injil adalah daripada Alkitab: Berita Baik, hakcipta © 2001 oleh The Bible Society of Malaysia. Diguna dengan keizinan.

Hak Cipta Terpelihara © 2016 oleh Dr. Jaerock Lee
ISBN: 979-11-263-0136-2 04230
ISBN: 979-11-263-0135-5 (set)
Hak Cipta Penterjemahan © 2013 oleh Dr. Esther K. Chung. Digunakan dengan kebenaran.

Dahulunya diterbitkan dalam Bahasa Korea oleh Urim Books pada tahun 2002

Pertama Diterbitkan Ogos 2016

Disunting oleh Dr. Geumsun Vin
Direkabentuk oleh Biro Editorial Urim Books
Dicetak oleh Syarikat Pencetakan Yewon
Untuk maklumat lanjut sila hubungi urimbook@hotmail.com

Prakata

Tuhan Maha Pengasih bukan hanya memimpin setiap orang yang beriman ke jalan penyelamatan tetapi juga mendedahkan rahsia syurga.

Sekurang-kurangnya sekali dalam seumur hidup anda, tentu anda pernah tertanya-tanya soalan seperti, "Ke mana saya akan pergi setelah meninggalkan dunia ini?" atau "Adakah syurga dan neraka benar-benar wujud?"

Ramai orang mati sebelum mereka sempat menemui jawapan bagi soalan-soalan tersebut, atau walaupun mereka percaya akan kehidupan selepas mati, bukan semua orang dapat memiliki syurga kerana bukan semua orang mempunyai pengetahuan yang sebetulnya. Syurga dan neraka bukan suatu fantasi, tetapi realiti di alam roh.

Pada satu sisi, syurga adalah tempat yang sangat indah dan tidak dapat dibandingkan dengan apa-apa yang wujud di dunia ini. Terutama sekali, keindahan dan kebahagiaan di Yerusalem Baru, di mana terletaknya Takhta Tuhan, yang tidak dapat dihuraikan sepenuhnya kerana ia diperbuat daripada bahan-bahan terbaik dan dengan kemahiran syurgawi.

Pada sisi yang lain, neraka dipenuhi keazaban berterusan yang tragis dan kekal abadi; realitinya yang dahsyat diterangkan dengan terperinci di dalam buku *Neraka*. Syurga dan Neraka mula dikenali melalui Yesus dan para rasul, dan sehingga hari ini, ia masih didedahkan secara terperinci melalui hamba Tuhan yang ikhlas beriman kepada-Nya.

Syurga ialah tempat di mana anak-anak Tuhan menikmati kehidupan abadi, dan perkara-perkara yang tidak dapat dibayangkan, indah, dan menakjubkan tersedia untuk mereka. Jadi anda hanya mengetahuinya secara terperinci apabila Tuhan membenarkan dan menunjukkannya kepada anda.

Saya berdoa dan berpuasa berterusan selama tujuh tahun untuk mengetahui Syurga dan mula menerima jawapan-jawapan daripada Tuhan. Kini Tuhan menunjukkan kepada saya lebih banyak rahsia alam roh dengan lebih mendalam.

Oleh sebab syurga tidak dapat dilihat, adalah amat susah untuk menerangkan syurga dengan bahasa dan pengetahuan dunia ini. Mungkin juga berlaku salah faham tentang syurga. Disebabkan hal itu, rasul Paulus tidak dapat menceritakan Firdaus di Langit Ketiga yang dilihatnya dalam suatu penglihatan.

Tuhan juga mengajar saya banyak rahsia tentang syurga, dan selama beberapa bulan saya telah berkhutbah tentang kehidupan bahagia, dan banyak tempat serta ganjaran yang berbeza-beza di syurga berdasarkan kepada ukuran iman. Walau bagaimanapun, saya tidak dapat mengkhutbahkan semua yang telah saya pelajari secara terperinci.

Sebab utama Tuhan membenarkan saya mendedahkan rahsia-rahsia alam roh yang diketahui di dalam buku ini adalah untuk menyelamatkan seramai orang yang mungkin dan memimpin mereka ke syurga, yang jernih dan indah seperti kristal.

Saya memberi segala kesyukuran dan kemuliaan kepada Tuhan kerana membenarkan saya menerbitkan buku *Syurga I: Sejernih dan Seindah Kristal*, satu deskripsi tentang sebuah tempat yang sejernih dan seindah kristal, dipenuhi dengan kemuliaan Tuhan. Saya berharap anda akan menyedari kasih besar Tuhan yang mendedahkan rahsia syurga dan memimpin manusia ke jalan penyelamatan supaya anda juga dapat memilikinya. Saya juga berharap anda akan bergegas mencapai matlamat kehidupan abadi di Yerusalem Baru.

Saya juga berterima kasih kepada Geumsun Vin, Pengarah Biro Editorial dan kakitangan beliau, serta Biro Penterjemahan untuk kerja keras mereka bagi menjayakan penerbitan buku ini. Saya berdoa dalam nama Yesus Kristus agar melalui buku ini, ramai orang akan diselamatkan dan dapat menikmati kehidupan abadi di Yerusalem Baru.

Jaerock Lee

Pengenalan

Saya berharap agar setiap orang daripada anda akan menyedari kasih Tuhan, menyempurnakan roh anda, dan bergegas menuju Yerusalem Baru.

Saya memberi segala syukur dan kemuliaan kepada Tuhan yang telah memimpin ramai orang untuk mengetahui alam roh dengan betul dan bergegas ke arah matlamat dengan harapan syurga melalui penerbitan *Neraka* dan dua bahagian siri *Syurga*.

Buku ini terdiri daripada sepuluh bab yang membantu anda mengetahui dengan jelas tentang kehidupan dan keindahan, tempat-tempat berlainan di syurga, serta ganjaran-ganjaran yang diberikan berdasarkan ukuran iman. Perkara inilah yang telah didedahkan kepada Dr. Jaerock Lee melalui inspirasi Roh Kudus.

Bab 1 "Syurga: Sejernih dan Seindah Kristal" menggambarkan kebahagiaan di syurga yang kekal abadi dengan melihat penampilannya secara umum, di mana tidak akan ada keperluan untuk matahari atau bulan untuk bersinar.

Bab 2 "Taman Eden dan Tempat Menunggu Syurga" menerangkan lokasi, penampilan, dan kehidupan di dalam Taman Eden, untuk membantu anda lebih memahami syurga. Bab ini juga memberitahu anda tentang rancangan dan rencana Tuhan berkaitan sebab Dia menempatkan pokok pengetahuan tentang yang baik dan yang jahat dan memupuk manusia secara rohani. Selain itu, ia juga memberitahu anda tentang Tempat Menunggu di mana orang yang diselamatkan menunggu sehingga Hari Penghakiman, termasuk kehidupan di tempat itu, dan jenis orang yang terus memasuki Yerusalem Baru tanpa menunggu di sana.

Bab 3 "Jamuan Perkahwinan Tujuh Tahun" menerangkan Kedatangan Kedua Yesus Kristus, Bencana Dahsyat Tujuh Tahun, kedatangan kembali Tuhan ke bumi, Milenium, dan kehidupan abadi selepas itu.

Bab 4 "Rahsia Syurga Disembunyikan Sejak Penciptaan" meliputi rahsia-rahsia syurga yang didedahkan oleh perumpamaan-perumpamaan Yesus yang memberitahu anda

Pengenalan

bagaimana anda dapat memiliki syurga, di mana terdapat banyak tempat tinggal yang berlainan.

Bab 5 "Bagaimana Kita Akan Tinggal di Syurga?" menerangkan ketinggian, berat, dan warna kulit badan rohaniah dan cara kita hidup di sana. Dengan pelbagai contoh kehidupan yang indah di syurga, bab ini juga mendorong anda untuk giat mara menuju ke syurga dengan harapan besar untuk mencapainya.

Bab 6 "Firdaus" menerangkan tentang Firdaus yang merupakan tingkat syurga yang paling rendah, namun masih lebih indah dan lebih bahagia berbanding dengan dunia ini. Ia juga menerangkan jenis orang yang akan memasuki Firdaus.

Bab 7 "Kerajaan Pertama Syurga" menjelaskan kehidupan dan ganjaran Kerajaan Pertama, yang akan menempatkan orang-orang yang menerima Yesus Kristus dan cuba untuk hidup mentaati firman Tuhan.

Bab 8 "Kerajaan Kedua Syurga" mendalami kehidupan serta ganjaran Kerajaan Kedua di mana orang yang tidak mencapai kekudusan dengan sepenuhnya namun dapat memasukinya kerana telah menjalankan tanggungjawab mereka. Ia juga menekankan betapa pentingnya ketaatan dan pelaksanaan tanggungjawab seseorang.

Bab 9 "Kerajaan Ketiga Syurga" menerangkan keindahan dan kemuliaan Kerajaan Ketiga, yang tidak dapat dibandingkan dengan Kerajaan Kedua. Kerajaan Ketiga merupakan tempat bagi orang yang telah menyingkirkan semua dosa mereka – sekalipun dosa-dosa yang menjadi sifat mereka – dengan hasil usaha diri mereka dan dibantu Roh Kudus. Ia menjelaskan kasih Tuhan yang membenarkan ujian dan dugaan.

Akhir sekali, Bab 10 "Yerusalem Baru" memperkenalkan Yerusalem Baru, tempat paling indah dan mulia di syurga di mana terletaknya Takhta Tuhan. Ia juga menerangkan jenis orang yang akan memasuki Yerusalem Baru. Bab ini diakhiri dengan memberi harapan kepada para pembaca melalui contoh rumah dua orang yang akan memasuki Yerusalem Baru.

Tuhan telah menyediakan syurga yang jernih dan indah seperti kristal untuk anak-anak yang dikasihi-Nya. Dia menghendaki seramai orang yang mungkin diselamatkan dan tidak sabar-sabar melihat anak-anak-Nya memasuki Yerusalem Baru.

Saya berharap dalam nama Yesus Kristus agar semua pembaca *Syurga I: Sejernih dan Seindah Kristal* akan menyedari kasih Tuhan yang besar, mencapai roh yang sempurna dengan hati Tuhan, dan bergegas menuju Yerusalem Baru dengan bertenaga.

Geumsun Vin
Pengarah Biro Suntingan

Isi Kandungan

Prakata

Pengenalan

Bab 1 **Syurga: Sejernih dan Seindah Kristal • 1**
  1. Langit Baru dan Bumi Baru
  2. Sungai Air Kehidupan
  3. Takhta Tuhan dan Anak Domba

Bab 2 **Taman Eden dan Tempat Menunggu Syurga • 23**
  1. Taman Eden Tempat Adam dan Hawa Tinggal
  2. Manusia Dipupuk di Bumi
  3. Tempat Menunggu Syurga
  4. Orang Yang Tidak Berada di Tempat Menunggu

Bab 3 **Jamuan Perkahwinan Tujuh Tahun • 53**
  1. Kepulangan Yesus dan Jamuan Perkahwinan Tujuh Tahun
  2. Milenium
  3. Ganjaran Syurga selepas Hari Penghakiman

Bab 4 **Rahsia Syurga Disembunyikan Sejak Penciptaan • 81**
  1. Rahsia Syurga telah Didedahkan sejak Zaman Yesus
  2. Rahsia Syurga Didedahkan pada Akhir Zaman
  3. Di Rumah BapaKu Banyak Tempat Tinggal

Bab 5 **Bagaimana Kita Akan Tinggal di Syurga? • 115**
1. Gaya Hidup Keseluruhan di Syurga
2. Pakaian di Syurga
3. Makanan di Syurga
4. Kenderaan di Syurga
5. Hiburan di Syurga
6. Pemujaan, Pendidikan, dan Budaya di Syurga

Bab 6 **Firdaus • 143**
1. Keindahan dan Kegembiraan Firdaus
2. Manusia Jenis Apakah yang Pergi ke Firdaus?

Bab 7 **Kerajaan Pertama Syurga • 161**
1. Keindahan dan Kegembiraannya Melebihi Firdaus
2. Manusia Jenis Apakah yang Pergi ke Kerajaan Pertama?

Bab 8 **Kerajaan Kedua Syurga • 175**
1. Rumah Peribadi Indah Diberikan kepada Setiap Orang
2. Manusia Jenis Apakah yang Pergi ke Kerajaan Kedua?

Bab 9 **Kerajaan Ketiga Syurga • 193**
1. Malaikat Berkhidmat Untuk Setiap Anak Tuhan
2. Manusia Jenis Apakah yang Masuk ke Kerajaan Ketiga?

Bab 10 **Yerusalem Baru • 211**
1. Manusia di Yerusalem Baru Bersemuka Dengan Tuhan
2. Manusia Jenis Apakah yang Pergi ke Yerusalem Baru?

Bab 1

Syurga:
Sejernih dan Seindah Kristal

1. Langit Baru dan Bumi Baru

2. Sungai Air Kehidupan

3. Takhta Tuhan dan Anak Domba

Malaikat itu juga menunjukkan sungai kepadaku;
air sungai itu memberikan hidup.
Sungai itu berkilauan seperti kristal
dan mengalir dari takhta TUHAN dan Anak Domba
ke tengah-tengah jalan raya di kota itu.
Pada kedua-dua tepi sungai itu
terdapat sebatang pokok sumber kehidupan,
yang berbuah dua belas kali setahun,
iaitu sekali sebulan.
Daunnya digunakan untuk menyembuhkan bangsa-bangsa.
Di dalam kota itu tidak terdapat sesuatu pun
yang kena kutuk TUHAN.
Takhta TUHAN dan Anak Domba
akan berada di dalam kota itu
dan hamba-hamba-Nya akan menyembah Dia.
Mereka akan melihat wajah-Nya,
dan nama-Nya akan ditulis pada dahi mereka.
Malam tiada lagi;
lampu dan cahaya matahari pun tidak diperlukan,
kerana Tuhan TUHAN sendiri akan menerangi mereka.
Mereka akan memerintah sebagai raja selama-lamanya.

- Wahyu 22:1-5 -

Ramai orang berfikir dan bertanya, "Dikatakan bahawa kita dapat menikmati kehidupan abadi di syurga – tempatnya bagaimana?" Jika anda pernah mendengar kesaksian orang yang telah pergi ke syurga, kebanyakan antara mereka telah melalui terowong yang panjang. Hal ini kerana syurga yang berada di alam roh, sangat berbeza dengan dunia yang anda tinggal sekarang.

Orang yang tinggal di dalam dunia tiga-dimensi ini tidak tahu tentang syurga secara terperinci. Anda tahu tentang dunia yang menakjubkan ini, yang melampaui dunia tiga-dimensi, hanya apabila Tuhan memberitahu anda tentangnya atau apabila mata rohani anda terbuka. Jika anda mengetahui alam roh ini dengan terperinci, jiwa anda bukan sahaja akan rasa gembira, malah iman anda akan bertumbuh dengan cepat dan anda akan dikasihi oleh Tuhan. Oleh itu, Yesus memberitahu anda rahsia-rahsia syurga melalui banyak perumpamaan, dan rasul Yohanes menerangkan syurga secara terperinci dalam Kitab Wahyu.

Jadi, bagaimanakah tempat yang bernama syurga dan bagaimana orang akan tinggal di sana? Anda secara ringkas akan melihat syurga, yang jernih dan cantik seperti kristal, yang telah disediakan oleh Tuhan untuk berkongsi kasih dengan anak-anak-Nya untuk selama-lamanya.

1. Langit Baru dan Bumi Baru

Langit pertama dan bumi pertama yang diciptakan oleh

Tuhan adalah jernih dan indah seperti kristal, tetapi kemudian dikutuk disebabkan ketidaktaatan Adam, manusia pertama. Perindustrian dan pembangunan dalam bidang sains dan teknologi yang pesat dan luas juga telah mencemarkan bumi ini, dan pada masa ini ramai orang menuntut perlindungan alam semula jadi.

Oleh itu, apabila tiba masanya, Tuhan akan mengalih langit dan bumi yang pertama dan mendedahkan langit dan bumi yang baru. Walaupun bumi ini telah menjadi tercemar dan busuk, ia masih diperlukan untuk memelihara anak-anak Tuhan yang benar yang dapat dan akan masuk syurga.

Pada mulanya Tuhan menciptakan bumi, dan kemudian seorang manusia lelaki, dan membawa manusia itu ke Taman Eden. Dia memberikan kebebasan dan kelimpahan maksimum membenarkan dia atas segala-galanya kecuali makan daripada pokok pengetahuan tentang yang baik dan yang jahat. Manusia itu, bagaimanapun, melanggar satu-satunya larangan Tuhan dan kemudiannya diusir keluar ke bumi ini, langit dan bumi yang pertama.

Oleh sebab Tuhan yang Maha Kuasa telah mengetahui bahawa umat manusia akan menuju ke jalan kematian, Dia telah menyediakan Yesus Kristus walaupun sebelum permulaan waktu dan menghantar-Nya turun ke bumi ini pada waktu yang sesuai.

Oleh itu, sesiapa yang menerima Yesus Kristus yang telah disalibkan dan dibangkitkan akan berubah menjadi makhluk yang baru dan pergi ke langit dan bumi yang baru dan menikmati kehidupan yang abadi.

Langit Biru Syurga Baru Sejernih Kristal

Langit syurga baru yang telah disediakan oleh Tuhan dipenuhi udara yang bersih untuk menjadikannya benar-benar jernih, suci, dan bersih tidak seperti udara di dunia ini. Bayangkan langit yang bersih dan tinggi dengan awan-awan putih bersih. Betapa indah dan menakjubkan!

Jadi mengapa Tuhan akan menjadikan langit baru berwarna biru? Secara rohani, warna biru membuatkan anda dapat merasa kedalaman, ketinggian, dan kesucian. Air adalah suci kerana ia kelihatan berwarna biru. Apabila anda melihat ke langit biru, anda dapat merasakan hati anda disegarkan. Tuhan menjadikan langit dunia ini berwarna biru kerana Dia menjadikan hati anda bersih dan memberikan anda hati untuk mencari Sang Pencipta. Jika anda dapat mengaku, dengan melihat ke langit yang biru jernih itu, "Pencipta saya pasti berada di atas sana. Dia menjadikan segala-galanya indah!" hati anda akan dibersihkan dan anda akan terdorong untuk menjalani kehidupan yang baik.

Bagaimana jika langit berwarna kuning? Daripada berasa selesa, manusia akan berasa tidak selesa dan keliru, dan ada juga yang mungkin akan mengalami masalah mental. Begitu juga, fikiran manusia boleh diubah, disegarkan semula, atau menjadi keliru berdasarkan warna yang berbeza. Sebab itulah Tuhan menjadikan langit syurga baru warna biru dan meletakkan awan warna putih supaya anak-anak-Nya dapat hidup bahagia dengan hati mereka jernih dan indah seperti kristal.

Bumi Baru Syurga Diperbuat daripada Emas Tulen dan Batu Permata

Justeru, bagaimana keadaan bumi baru di syurga? Di bumi baru syurga, yang telah dijadikan Tuhan bersih dan jernih seperti kristal, tiada tanah atau debu. Bumi baru hanya terdiri daripada emas tulen dan batu permata. Betapa menakjubkan keadaan di syurga kerana jalan-jalan diperbuat daripada emas dan batu permata!

Bumi ini diperbuat daripada tanah, yang boleh berubah mengikut peredaran masa. Perubahan ini membolehkan anda menyedari ketiadamaknaan dan kematian. Tuhan membenarkan semua tumbuhan bertumbuh, berbuah dan mereput di dalam tanah supaya anda dapat menyedari bahawa kehidupan di bumi ini mempunyai penghujungnya.

Syurga diperbuat daripada emas tulen dan batu permata yang tidak berubah kerana syurga adalah dunia yang benar dan kekal abadi. Selain itu, sama seperti tumbuhan bertumbuh di bumi ini, ia juga akan bertumbuh di syurga apabila ditanam. Namun begitu, ia tidak akan mati dan reput seperti tumbuhan-tumbuhan di bumi ini.

Selain itu, bukit-bukit dan istana-istana juga diperbuat daripada emas tulen dan batu permata. Betapa bersinar dan indah semua itu. Anda harus mempunyai iman yang benar supaya anda tidak akan terlepas daripada menikmati keindahan dan kegembiraan syurga yang tidak dapat dihuraikan dengan kata-kata.

Kehilangan Bumi dan Langit Pertama

Apakah akan terjadi kepada bumi dan langit pertama apabila langit dan bumi baru yang indah itu muncul?

> *Lalu aku melihat suatu takhta putih yang besar dan Dia, yang duduk di atasnya. Dari hadapan-Nya lenyaplah bumi dan langit dan tidak ditemukan lagi tempatnya* (Wahyu 20:11) *(Petikan daripada Alkitab terjemahan bahasa Indonesia).*

> *Kemudian aku nampak langit baru dan bumi baru. Langit pertama dan bumi pertama tidak ada lagi, dan laut pun lenyap* (Wahyu 21:1).

Apabila manusia dipupuk di atas bumi ini dihakimi berdasarkan baik dan jahat, langit dan bumi pertama akan lenyap. Hal ini bermakna ia tidak akan hilang sepenuhnya tetapi akan dipindahkan ke tempat yang lain.

Jadi, mengapa Tuhan memindahkan langit dan bumi pertama dan bukannya terus menyingkirkannya sepenuhnya. Hal ini demikian kerana anak-anak-Nya yang tinggal di syurga akan merindui langit dan bumi pertama sekiranya Dia menghapuskannya sepenuhnya. Walaupun mereka telah melalui kesedihan dan kesusahan di langit dan bumi pertama, mereka kadang-kadang akan merinduinya kerana mereka pernah tinggal di situ. Oleh itu, mengetahui hal ini, Tuhan yang Maha Penyayang memindahkannya ke bahagian alam semesta yang lain, dan tidak akan menghapuskannya sepenuhnya.

Alam semesta yang anda tinggal ini merupakan dunia tanpa penghujung, dan terdapat banyak alam semesta yang lain. Oleh itu, Tuhan akan memindahkan langit dan bumi pertama ke sudut alam semesta yang lain dan membenarkan anak-anak-Nya melawatnya apabila perlu.

Tiada Air mata, Kesedihan, Kematian, atau Penyakit

Langit dan bumi yang baru, tempat di mana anak-anak Tuhan yang diselamatkan oleh iman akan hidup, tidak mempunyai kutukan lagi dan dipenuhi dengan kebahagiaan. Dalam Wahyu 21:3-4, anda mendapati bahawa tidak ada air mata, kesedihan, kematian, perkabungan, atau penyakit di syurga kerana Tuhan berada di sana.

> *Aku mendengar suara lantang berseru dari takhta itu, "Sekarang TUHAN tinggal bersama-sama manusia! Dia akan hidup bersama-sama mereka dan mereka akan menjadi umat-Nya. TUHAN sendiri akan tinggal bersama-sama mereka dan menjadi TUHAN mereka. Dia akan menyapu air mata mereka. Kematian akan tiada lagi, demikian juga kesedihan, tangisan, dan kesakitan. Perkara-perkara lama sudah lenyap.*

Alangkah sedihnya sekiranya anda kebuluran dan anak-anak anda menangis meminta makanan kerana mereka kelaparan? Apakah gunanya sekiranya seseorang datang kepada anda dan berkata, "Anda begitu lapar sehingga menangis," dan menyapu air mata anda, tetapi tidak memberikan apa-apa kepada anda? Justeru, apakah pertolongan sebenar di sini? Dia sepatutnya memberikan sesuatu kepada anda untuk dimakan supaya anda dan anak-anak anda tidak kelaparan. Hanya selepas itu, barulah air mata anda dan anak-anak anda berhenti mengalir.

Begitu juga, jika berkata Tuhan akan menyapu setiap titisan air mata daripada mata anda bermaksud jika anda diselamatkan dan masuk syurga, tidak akan ada lagi kerisauan atau kebimbangan kerana tidak ada lagi tangisan, kesedihan, kematian, perkabungan, atau penyakit di syurga.

Pada satu sisi, sama ada anda percaya kepada Tuhan atau tidak, anda terpaksa berhadapan dengan kesedihan di atas bumi ini. Orang yang bersifat duniawi akan sangat bersedih walaupun mengalami hanya mengalami sedikit kehilangan. Pada sisi yang lain, orang yang beriman akan berkabung dengan penuh kasih dan belas kasihan untuk orang yang belum lagi diselamatkan.

Walau bagaimanapun, sebaik sahaja anda masuk syurga, anda tidak perlu lagi risau tentang kematian, atau tentang orang lain yang berdosa dan jatuh ke jalan kematian abadi. Anda tidak perlu lagi menderita akibat dosa-dosa, maka tidak ada sebarang kesedihan.

Di muka bumi ini, apabila anda mengalami kesedihan, anda mengeluh. Di syurga, bagaimanapun, tidak ada keperluan untuk mengeluh kerana tidak akan ada apa-apa jenis penyakit atau kebimbangan. Hanya akan ada kebahagiaan yang kekal abadi.

2. Sungai Air Kehidupan

Di syurga, Sungai Air Kehidupan, yang jernih seperti kristal, mengalir di tengah-tengah jalan yang besar. Wahyu 22:1-2 menerangkan Sungai Air Kehidupan ini, dan anda pasti gembira hanya dengan membayangkannya..

> *Malaikat itu juga menunjukkan sungai kepadaku; air sungai itu memberikan hidup. Sungai itu berkilauan seperti kristal dan mengalir dari takhta TUHAN dan Anak Domba ke tengah-tengah jalan raya di kota itu. Pada kedua-dua tepi sungai itu terdapat sebatang pokok sumber kehidupan yang berbuah dua belas kali setahun, iaitu sekali sebulan. Daunnya digunakan untuk menyembuhkan bangsa-bangsa.*

Saya pernah berenang di lautan Pasifik yang jernih, dan airnya begitu jernih sehingga saya dapat melihat tumbuh-tumbuhan dan ikan di dalamnya. Ia begitu indah sehingga membuatkan saya gembira saya berada di dalamnya. Sekalipun di dalam dunia ini, anda dapat merasakan hati anda diperbaharui dan dibersihkan apabila anda melihat air yang jernih. Betapa anda akan lebih gembira apabila anda berada di Sungai Air Kehidupan, yang sejernih kristal, mengalir di tengah-tengah jalan yang besar!

Sungai Air Kehidupan

Sekalipun di dalam dunia ini, jika anda melihat lautan yang

bersih, gelombang air itu memantulkan sinar cahaya matahari dan bersinar dengan indah. Sungai Air Kehidupan di syurga kelihatan berwarna biru dari jauh, tetapi jika anda melihatnya dengan lebih dekat, ia sangat jernih, indah, bersih, dan suci sehingga anda boleh mengungkapkan "jernih seperti kristal."

Jadi, mengapa Sungai Air Kehidupan mengalir keluar dari Takhta Tuhan dan Anak Domba? Secara rohani, air merujuk kepada Firman Tuhan, iaitu makanan kehidupan, dan anda mencapai kehidupan abadi melalui Firman Tuhan. Yesus berfirman di dalam Yohanes 4:14, *"tetapi sesiapa minum air yangn akan Aku berikan kepadanya, dia tidak akan dahaga selama-lamanya. Air yang akan Aku berikan itu menjadi suatu mata air yang memancar di dalam dirinya, dan memberi dia hidup sejati dan kekal."* Firman Tuhan merupakan Air Kehidupan Abadi yang memberikan kehidupan kepada anda, dan sebab itu Sungai Air kehidupan mengalir keluar dari Takhta Tuhan dan Anak Domba.

Jadi, bagaimanakah rasa Air Kehidupan? Ia adalah sangat manis; anda tidak akan dapat mengalaminya di dunia ini. Anda akan berasa bertenaga semula setelah anda meminumnya. Tuhan memberikan Air Kehidupan kepada manusia, tetapi setelah Kejatuhan Adam, air di bumi ini dikutuk bersama-sama benda-benda lain. Semenjak itu, manusia tidak dapat lagi merasa Air Kehidupan di atas bumi ini. Anda hanya akan dapat merasainya setelah anda pergi ke syurga. Manusia di atas bumi ini sedang minum air yang tercemar, dan mereka juga mencari minuman-minuman tiruan seperti minuman ringan dan bukannya air. Begitu juga, air di bumi ini tidak akan dapat memberikan kehidupan abadi tetapi Air Kehidupan di syurga, Firman Tuhan, memberikan kehidupan abadi. Ia lebih manis daripada madu yang menitis daripada sarang lebah, dan ia memberi kekuatan kepada roh anda.

Sungai itu Mengalir di Seluruh Syurga

Sungai Air Kehidupan yang mengalir dari Takhta Tuhan dan Anak Domba adalah sama seperti darah yang memberikan kehidupan dengan mengalir di dalam badan anda. Ia mengalir di seluruh Syurga di tengah-tengah jalan yang besar, dan kembali semula ke Takhta Tuhan. Jadi, kenapa pula Sungai Air Kehidupan ini mengalir di sekeliling syurga di tengah-tengah jalan besar?

Pertama sekali, Sungai Air Kehidupan adalah jalan paling mudah untuk pergi ke Takhta Tuhan. Oleh itu, untuk pergi ke Yerusalem Baru tempat letaknya Takhta Tuhan, anda hanya mengikuti jalan itu yang diperbuat daripada emas tulen di setiap sisi sungai itu.

Kedua, Firman Tuhan adalah jalan ke syurga, dan anda dapat memasuki syurga hanya apabila anda mengikuti jalan Firman Tuhan. Seperti firman Yesus di dalam Yohanes 14:6, *"Akulah jalan untuk mengenal TUHAN dan untuk mendapatkan hidup. Tidak seorang pun dapat datang kepada Bapa kecuali melalui Aku."* Apabila anda mentaati Firman Tuhan, anda dapat memasuki syurga di mana Firman Tuhan, Sungai Air Kehidupan mengalir.

Begitu juga, Tuhan telah menciptakan syurga dengan cara itu supaya dengan hanya mengikuti Sungai Air Kehidupan, anda dapat sampai ke Yerusalem Baru yang menempatkan Takhta Tuhan.

Pasir Emas dan Perak di Tebing Sungai

Apakah yang akan ada di kedua-dua tebing Sungai Air Kehidupan? Mula-mula anda akan melihat pasir emas dan perak bertaburan jauh dan meluas. Pasir di syurga adalah bulat dan sangat lembut sehingga ia sama sekali tidak akan melekat pada pakaian anda walaupun anda berguling di atasnya.

Terdapat juga banyak bangku yang selesa yang dihiasi dengan emas dan batu permata. Apabila anda duduk di atas bangku itu dengan kawan-kawan yang dikasihi dan berbual dengan bahagia, malaikat-malaikat yang cantik akan melayani anda.

Di atas bumi ini, anda mengagumi malaikat, tetapi di syurga malaikat akan memanggil anda "tuan" dan melayani anda seperti yang anda mahu. Jika anda ingin makan buah, malaikat akan membawa buah di dalam bakul yang dihiasi dengan batu permata atau bunga dan memberikan bakul itu kepada anda dalam sekelip mata.

Selain itu, di kedua-dua tebing Sungai Air Kehidupan ada bunga cantik yang berwarna-warni, burung, serangga, dan haiwan. Mereka juga melayani anda sebagai tuan dan anda boleh berkongsi kasih anda dengan mereka. Betapa menakjubkan dan indah syurga yang mempunyai Sungai Air Kehidupan!

Pokok Kehidupan di Setiap Sisi Sungai

Wahyu 22:1-2 menerangkan secara terperinci tentang Pokok Kehidupan di setiap sisi Sungai Air Kehidupan.

Malaikat itu juga menunjukkan sungai kepadaku;

> *air sungai itu memberikan hidup. Sungai itu berkilauan seperti kristal dan mengalir dari takhta TUHAN dan Anak Domba ke tengah-tengah jalan raya di kota itu. Pada kedua-dua tepi sungai itu terdapat sebatang pokok sumber kehidupan yang berbuah dua belas kali setahun, iaitu sekali sebulan. Daunnya digunakan untuk menyembuhkan bangsa-bangsa.*

Jadi, mengapakah Tuhan meletakkan pokok kehidupan di setiap sisi sungai yang berbuah dua belas kali?

Terutama sekali, Tuhan menghendaki semua anak-Nya yang memasuki syurga untuk merasakan keindahan dan kehidupan di syurga. Dia juga ingin mengingatkan mereka bahawa mereka berbuah Roh Kudus apabila mereka mentaati Firman Tuhan, sama seperti mereka memakan makanan hasil daripada titik peluh mereka.

Anda harus menyedari sesuatu di sini. Berbuah dua belas kali tidak bermaksud satu pokok menghasilkan dua belas kali buah, tetapi dua belas jenis pokok kehidupan yang berlainan masing-masing menghasilkan satu jenis buah. Di dalam Alkitab, kita mendapati bahawa dua belas suku Israel terbentuk melalui dua belas anak Yakobus, dan melalui dua belas suku ini, bangsa Israel terbentuk dan bangsa-bangsa yang menerima agama Kristian telah didirikan di seluruh dunia. Yesus sendiri memilih dua belas murid, dan injil telah diajar dan disebarkan kepada semua bangsa melalui mereka dan para pengikut mereka.

Oleh itu, dua belas buah pokok kehidupan melambangkan sesiapa daripada mana-mana bangsa, jika dia beriman, dapat menghasilkan buah Roh Kudus dan memasuki syurga.

Jika anda memakan buah yang indah dan berwarna-warni daripada pokok kehidupan, anda akan berasa disegarkan dan lebih gembira. Selain itu, sebaik sahaja buah itu dipetik, buah yang baru akan tumbuh menggantikan buah yang dipetik, jadi ia tidak akan habis. Daun-daun pokok kehidupan berwarna hijau gelap dan bersinar, dan akan kekal begitu selama-lamanya kerana ia tidak akan gugur atau dimakan. Daun-daun hijau dan bersinar itu lebih besar daripada daun pokok-pokok di dunia ini, dan ia bertumbuh dalam susunan sangat teratur.

3. Takhta Tuhan dan Anak Domba

Wahyu 22:3-5 menggambarkan kedudukan Takhta Tuhan dan Anak Domba di tengah-tengah syurga.

> *Di dalam kota itu tidak terdapat sesuatu pun yang kena kutuk TUHAN. Takhta TUHAN dan Anak Domba akan berada di dalam kota itu dan hamba-hamba-Nya akan menyembah Dia. Mereka akan melihat wajah-Nya, dan nama-Nya akan ditulis pada dahi mereka. Malam tiada lagi; lampu dan cahaya matahari pun tidak diperlukan, kerana Tuhan TUHAN sendiri akan menerangi mereka. Mereka akan memerintah sebagai raja selama-lamanya.*

Takhta Terletak di Tengah-tengah Syurga

Syurga merupakan tempat abadi di mana Tuhan memerintah dengan penuh kasih dan kebenaran. Di Yerusalem Baru yang terletak di tengah-tengah syurga, terdapat Takhta Tuhan dan Anak Domba. Anak Domba di sini merujuk kepada Yesus Kristus (Keluaran 12:5; Yohanes 1:29; 1 Petrus 1:19).

Tidak semua orang dapat memasuki tempat di mana Tuhan lazimnya berada. Ia terletak di dalam suatu ruang dimensi lain yang berbeza daripada Yerusalem Baru. Takhta Tuhan di sini jauh lebih indah dan cerah berbanding dengan yang terletak di Yerusalem Baru.

Takhta Tuhan di Yerusalem Baru ialah tempat di mana Tuhan sendiri turun apabila anak-anak-Nya menyembah-Nya atau mengadakan jamuan. Wahyu 4:2-3 menerangkan tentang Tuhan duduk di atas Takhta-Nya.

Dengan segera Roh TUHAN menguasai aku. Aku melihat sebuah takhta di syurga dan seseorang duduk di atas takhta itu. Mukanya bersinar seperti batu jasper dan batu sardis. Takhta itu dikelilingi oleh pelangi yang bersinar seperti zamrud.

Di sekeliling Takhta terdapat dua puluh empat orang pemimpin yang duduk, berpakaian serba putih dengan mahkota emas di atas kepala mereka. Di hadapan Takhta ada Tujuh Roh Tuhan dan lautan kaca, sejernih kristal. Di tengah-tengah dan di sekeliling Takhta ada empat makhluk hidup dan bala tentera syurga dan malaikat.

Selain itu, Takhta Tuhan dilitupi cahaya. Ia begitu indah, menakjubkan, agung, dimuliakan, dan besar sehingga di luar pemahaman manusia. Di sebelah kanan Takhta Tuhan ialah Takhta Anak Domba, Tuhan Yesus kita. Ia sememangnya berbeza dengan Takhta Tuhan, tetapi Tuhan Triniti, Bapa, Anak dan Roh Kudus, mempunyai hati, ciri-ciri dan kuasa yang sama.

Lebih banyak maklumat tentang Takhta Tuhan akan diterangkan di dalam *Buku Kedua Syurga* bertajuk *"Dipenuhi dengan Kemuliaan TUHAN."*

Tiada Malam dan Tiada Siang

Tuhan berkuasa ke atas syurga dan alam semesta dengan kasih dan keadilan dari Takhta-Nya, yang terang dengan cahaya kemuliaan yang suci dan indah. Takhta itu berada di tengah-tengah syurga dan di sisi Takhta Tuhan ialah Takhta Anak Domba, yang juga memancarkan cahaya kemuliaan. Oleh itu, syurga tidak memerlukan matahari atau bulan atau mana-mana sumber cahaya yang lain untuk menyinarinya. Tidak ada siang mahupun malam di syurga.

Dengan cara ini Ibrani 12:14 menggesa anda untuk *"Berusahalah untuk hidup rukun dengan semua orang. Berusahalah untuk hidup suci, khas bagi Tuhan kerana tidak seorang pun akan melihat Tuhan jika tidak hidup seperti itu."* Yesus di dalam Matius 5:8 menjanjikan anda bahawa *"Berbahagialah orang yang suci hatinya, karena mereka akan melihat TUHAN"* (Petikan daripada Alkitab terjemahan bahasa Indonesia).

Oleh itu, orang yang beriman dan menyingkirkan kejahatan

dari dalam hati mereka dan mentaati Firman Tuhan sepenuhnya akan dapat melihat wajah Tuhan. Sehingga ke tahap mereka menyerupai Tuhan, mereka yang beriman akan diberkati di dunia ini, dan juga hidup lebih dekat dengan Takhta Tuhan di syurga.

Betapa gembiranya orang yang dapat melihat wajah Tuhan, melayani-Nya, dan berkongsi kasih dengan Dia untuk selama-lamanya. Namun begitu, sama seperti anda tidak dapat memandang matahari secara langsung kerana ia sangat terang, orang yang tidak menyerupai hati Tuhan tidak dapat melihat Tuhan pada jarak yang dekat.

Menikmati Kebahagiaan Sebenar Selama-lamanya di Syurga

Anda dapat menikmati kebahagiaan sebenar dalam apa-apa yang anda lakukan di syurga kerana hal itu merupakan hadiah terbaik yang telah disediakan oleh Tuhan dengan penuh kasih untuk anak-anak-Nya. Para malaikat akan melayani anak-anak Tuhan, seperti tercatat di dalam Ibrani 1:14, *"Jika demikian, apakah sebenarnya malaikat-malaikat itu? Mereka roh yang berbakti kepada TUHAN, dan yang disuruh oleh-Nya untuk menolong orang yang akan menerima penyelamatan."* Disebabkan manusia mempunyai ukuran iman yang berbeza-beza, saiz rumah dan bilangan malaikat yang melayani akan berbeza berdasarkan kepada sejauh mana mereka itu menyerupai Tuhan.

Mereka akan dilayan seperti putera atau puteri kerana para malaikat akan membaca fikiran tuan mereka yang ditugaskan kepada mereka dan menyediakan segala-galanya yang dikehendaki. Selain itu, haiwan dan tumbuh-tumbuhan akan mengasihi anak-anak Tuhan dan melayani mereka. Haiwan di syurga akan patuh kepada anak-anak Tuhan tanpa syarat dan kadang-kadang cuba untuk melakukan perkara-perkara comel untuk menggembirakan hati mereka kerana mereka tidak mempunyai kejahatan.

Bagaimana pula dengan tumbuh-tumbuhan di syurga? Setiap tumbuhan mempunyai bau yang wangi dan unik, dan apabila anak-anak Tuhan mendekatinya, semuanya akan mengeluarkan bau wangi itu. Bunga-bunga itu mengeluarkan bau wangi yang terbaik untuk anak-anak Tuhan, dan bau wangi itu tersebar ke tempat-tempat yang jauh. Bau wangi itu digantikan sebaik sahaja ia dikeluarkan.

Dua belas jenis buah daripada pokok kehidupan juga mempunyai rasa tersendiri. Jika anda dapat mencium bau bunga-bunga dan memakan buah pokok kehidupan, anda akan menjadi begitu segar dan gembira yang tidak dapat dibandingkan dengan apa-apa di dunia ini.

Selain itu, tidak seperti tumbuh-tumbuhan di bumi ini, bunga-bunga di syurga akan tersenyum apabila anak-anak Tuhan menghampirinya. Tumbuh-tumbuhan itu juga akan menari untuk tuannya dan manusia juga boleh berbual-bual dengannya.

Walaupun seseorang memetik mana-mana bunga, ia tidak akan terluka atau sedih, sebaliknya ia akan dipulihkan dengan kuasa Tuhan. Bunga yang dipetik akan lenyap ke udara dan hilang. Buah yang dimakan oleh manusia juga akan lenyap sebagai bau yang wangi melalui nafas.

Syurga I

Terdapat empat musim di syurga, dan manusia dapat menikmati perubahan musim tersebut. Manusia akan merasa kasih Tuhan dengan menikmati ciri-ciri khas setiap musim: musim bunga, musim panas, musim luruh, dan musim sejuk. Mungkin juga ada yang bertanya,, "Adakah kita masih akan menderita akibat kepanasan musim panas dan kesejukan musim sejuk?" Cuaca di syurga, bagaimanapun, merupakan keadaan paling sempurna untuk anak-anak Tuhan hidup, dan mereka tidak akan menderita akibat kepanasan atau kesejukan. Walaupun tubuh-tubuh rohani tidak dapat merasakan kepanasan dan kesejukan di tempat-tempat yang panas atau sejuk, mereka masih dapat merasakan udara yang panas atau sejuk. Jadi tidak seorang pun akan menderita akibat cuaca panas atau sejuk di syurga.

Pada musim luruh, anak-anak Tuhan dapat menikmati keindahan daun-daun yang luruh, dan sewaktu musim sejuk mereka dapat melihat salji. Mereka akan dapat menikmati keindahan yang lebih jauh lebih indah berbanding apa-apa di dunia ini. Sebab Tuhan menjadikan syurga empat musim adalah supaya anak-anak-Nya mengetahui bahawa segala-galanya yang diingini oleh mereka sudah tersedia untuk kenikmatan mereka di syurga. Selain itu, ia merupakan satu contoh kasih-Nya untuk memuaskan hati anak-anak-Nya yang merindui bumi di mana mereka telah dipupuk sehingga mereka menjadi anak-anak Tuhan yang benar.

Syurga berada di dunia empat dimensi yang tidak dapat dibandingkan dengan dunia ini. Ia dipenuhi dengan kasih dan kuasa Tuhan, dan mempunyai banyak acara dan aktiviti yang tidak terbilang yang tidak dapat dibayangkan oleh manusia. Anda akan belajar lebih banyak lagi tentang kehidupan gembira yang abadi bagi orang-orang yang beriman di syurga dalam bab 5.

Hanya orang yang namanya tercatat di dalam kitab kehidupan Anak Domba dapat memasuki syurga. Seperti tertulis di dalam Wahyu 21:6-8, hanya orang yang minum Air Kehidupan dan menjadi anak Tuhan dapat mewarisi kerajaan Tuhan.

> *Dia berkata, "Sudah selesai! Akulah yang pertama dan yang terakhir, Akulah Tuhan dari permulaan sampai penghabisan. Orang yang dahaga akan Aku berikan air minum dengan percuma dari sumber air yang memberikan hidup. Sesiapa yang menang akan menerima hak ini daripada-Ku: Aku akan menjadi TUHANnya, dan dia akan menjadi anak-Ku. Tetapi pengecut, pengkhianat, orang yang melakukan perbuatan cabul, pembunuh, orang yang lucah, orang yang mengamalkan ilmu ghaib, penyembah berhala, dan semua pendusta, akan dibuang ke dalam lautan api dan belerang yang bernyala-nyala, iaitu kematian tahap kedua."*

Adalah kewajipan bagi manusia untuk takut kepada Tuhan dan mentaati perintah-perintah-Nya (Pengkhutbah 12:13). Jadi jika anda tidak takut kepada Tuhan dan melanggar firman-Nya dan terus berdosa walaupun anda mengetahui bahawa anda berdosa, maka anda tidak dapat memasuki syurga. Manusia jahat, pembunuh, orang yang melakukan zina, orang yang mengamalkan ilmu ghaib, dan penyembah berhala yang menjangkaui akal sudah pasti tidak akan masuk syurga. Mereka mengabaikan Tuhan, melayani roh-roh jahat, dan percaya kepada tuhan-tuhan asing mengikuti Iblis dan kejahatan.

Begitu juga, orang yang bercakap bohong kepada Tuhan dan menipu-Nya, dan menghina Roh Kudus tidak akan memasuki syurga. Seperti yang saya terangkan di dalam buku Neraka, mereka ini akan menderita penghukuman abadi di neraka.

Oleh itu, saya berdoa dalam nama Yesus Kristus bahawa anda bukan sahaja akan menerima Yesus Kristus dan memperolehi hak sebagai anak Tuhan, tetapi juga menikmati kebahagiaan abadi di syurga yang indah yang sejernih kristal dengan mentaati Firman Tuhan.

Bab 2

Taman Eden dan Tempat Menunggu Syurga

1. Taman Eden Tempat Adam dan Hawa Tinggal
2. Manusia Dipupuk di Bumi
3. Tempat Menunggu Syurga
4. Orang Yang Tidak Berada di Tempat Menunggu

*Selanjutnya TUHAN
membuat taman di Eden, di sebelah timur,
lalu menempatkan manusia
yang sudah dibentuk-Nya itu di situ.
Di taman itu TUHAN menumbuhkan segala jenis
pokok yang cantik,
yang menghasilkan buah-buahan baik.
Di tengah-tengah taman itu tumbuh juga
pokok yang memberi hidup,
dan pokok yang memberi pengetahuan
tentang yang baik dan yang jahat.*

- Kejadian 2:8-9 -

Adam, manusia pertama yang diciptakan Tuhan, tinggal di dalam Taman Eden sebagai roh hidup dan berkomunikasi dengan Tuhan. Selepas suatu masa yang panjang, bagaimanapun, Adam melakukan satu dosa ketidaktaatan dengan memakan daripada pokok pengetahuan tentang yang baik dan yang jahat yang telah dilarang Tuhan. Akibatnya, rohnya, tuan kepada manusia itu, mati. Dia telah diusir keluar dari Taman Eden dan harus hidup di bumi ini. Justeru roh Adam dan Hawa mati dan komunikasi dengan Tuhan terputus. Hidup di atas bumi terkutuk ini, betapa rindunya mereka kepada Taman Eden.

Tuhan yang Maha Mengetahui telah tahu tentang ketidaktaatan Adam lama sebelum kejadian itu dan telah menyediakan Yesus Kristus, serta membuka jalan penyelamatan apabila tiba masanya. Setiap orang yang diselamatkan kerana beriman akan mewarisi syurga yang tidak dapat dibandingkan dengan Taman Eden.

Setelah Yesus dibangkitkan dan naik ke syurga, Dia telah menyediakan tempat menunggu tempat orang yang diselamatkan dapat tinggal sehingga Hari Penghakiman, dengan menyediakan tempat tinggal untuk mereka. Marilah kita meneliti Taman Eden dan Tempat Menunggu syurga supaya kita dapat lebih memahami syurga.

1. Taman Eden Tempat Adam dan Hawa Tinggal

Kejadian 2:8-9 menjelaskan Taman Eden. Inilah tempat lelaki dan wanita pertama yang dicipta oleh Tuhan, Adam dan Hawa, pernah tinggal dahulu.

> *Selanjutnya TUHAN membuat taman di Eden, di sebelah timur, lalu menempatkan manusia yang sudah dibentuk-Nya itu di situ. Di taman itu TUHAN menumbuhkan segala jenis pokok yang cantik, yang menghasilkan buah-buahan baik. Di tengah-tengah taman itu tumbuh juga pokok yang memberi hidup, dan pokok yang memberi pengetahuan tentang yang baik dan yang jahat.*

Taman Eden merupakan tempat tinggal Adam, roh hidup, yang dahulunya akan tinggal, oleh itu ia harus terletak di dalam alam roh. Jadi, pada hari ini, di manakah sebenarnya Taman Eden, tempat tinggal manusia pertama, Adam?

Lokasi Taman Eden

Tuhan telah menyebut "langit" di banyak tempat di dalam Alkitab untuk membolehkan anda mengetahui bahawa terdapat ruang-ruang di alam roh yang melangkaui langit yang anda lihat dengan mata kasar anda. Dia menggunakan perkataan "langit" supaya anda memahami ruang-ruang yang berada di dalam alam roh.

> *Langit yang tertinggi sekalipun milik TUHAN; bumi dan segala yang ada di atasnya juga milik Dia* (Ulangan 10:14).

> *TUHAN menjadikan bumi dengan kuasa-Nya;
> dengan hikmat-Nya Dia menciptakan dunia dan
> membentangkan langit* (Yeremia 10:12).

> *Pujilah Dia, hai langit yang tertinggi, pujilah Dia,
> hai air yang di atas langit* (Mazmur 148:4).

Oleh itu, anda harus memahami bahawa "langit" bukan hanya merujuk kepada langit yang dapat dilihat dengan mata kasar anda. Langit Pertama ialah tempat di mana terletaknya matahari, bulan dan bintang-bintang, dan terdapat Langit Kedua dan Langit Ketiga yang berada di dalam alam roh. Dalam 2 Korintus 12, rasul Paulus bercakap tentang Langit Ketiga. Keseluruhan syurga daripada Firdaus hingga Yerusalem Baru berada di dalam Langit Ketiga ini.

Rasul Paulus telah pergi ke Firdaus, yang merupakan tempat bagi mereka yang mempunyai iman yang paling kecil, dan yang paling jauh dari Takhta Tuhan. Dan di sana dia mendengar rahsia mengenai syurga. Namun begitu, dia mengaku bahawa kejadian itu merupakan "perkara-perkara yang manusia tidak dibenarkan untuk menghebohkan."

Jadi, jenis bagaimanakah alam roh di Langit Kedua? Ia adalah berbeza dengan Langit Ketiga, dan Taman Eden berada di situ. Kebanyakan orang berfikir bahawa Taman Eden terletak di bumi. Ramai sarjana alkitab dan penyelidik terus melakukan pencarian arkeologi dan kajian di sekitar Mesopotamia dan bahagian atas sungai Furat dan Tigris di Timur Tengah. Namun begitu, mereka tidak menjumpai apa-apa setakat ini. Sebab utama manusia tidak dapat menjumpai Taman Eden di bumi adalah kerana Langit Kedua berada di alam roh.

Langit Kedua juga merupakan tempat untuk semua roh jahat yang diusir keluar dari Langit Ketiga setelah pemberontakan Lucifer. Kejadian 3:24 memberitahu, *"Kemudian di sebelah timur taman itu, TUHAN menempatkan kerub, dan sebilah pedang berapi yang berpusing ke segala arah, untuk mengawal jalan ke pokok yang memberi hidup."* Tuhan melakukan hal sedemikian untuk menghalang roh-roh jahat daripada memperoleh kehidupan abadi dengan memasuki Taman Eden dan memakan buah daripada pokok pengetahuan tentang yang baik dan yang jahat.

Pintu Masuk Taman Eden

Sekarang anda tidak harus memahami bahawa Langit Kedua berada di atas Langit Pertama, dan Langit Ketiga di atas Langit Kedua. Anda tidak boleh memahami ruangan dunia empat dimensi dan selebihnya dengan pemahaman dan pengetahuan dunia tiga dimensi. Jadi, bagaimana lapisan langit itu distrukturkan? Dunia tiga dimensi yang anda lihat dan alam roh kelihatan seakan terpisah tetapi sebenarnya saling bertindih dan berhubung kait. Terdapat pintu yang menghubungkan dunia tiga dimensi dengan alam roh.

Walaupun anda tidak dapat melihatnya, terdapat pintu-pintu yang menghubungkan Langit Pertama kepada Taman Eden di Langit Kedua. Terdapat juga pintu untuk memasuki Langit Ketiga. Pintu-pintu ini tidak terletak terlalu tinggi, tetapi terletak lebih kurang ketinggian awan yang anda dapat lihat apabila anda berada di dalam kapal terbang dan melihat ke bawah.

Di dalam Alkitab, anda dapat tahu bahawa terdapat pintu untuk memasuki syurga (Kejadian 7:11; 2 Raja Raja 2:11; Lukas 9:28-36; Kisah Para Rasul 1:9; 7:56). Jadi apabila pintu-pintu langit dibuka, maka adalah tidak mustahil untuk naik pergi ke langit-langit yang berbeza di alam roh dan mereka yang telah diselamatkan disebabkan beriman boleh naik sampai ke Langit Ketiga.

Hal ini adalah sama dengan Hades (alam maut) dan neraka. Tempat-tempat ini juga berada di dalam alam roh dan juga terdapat pintu-pintu untuk memasuki tempat-tempat tersebut. Jadi apabila orang yang tidak mempunyai iman mati, mereka akan pergi ke Hades, yang merupakan sebahagian daripada neraka, ataupun terus memasuki neraka melalui pintu-pintu ini.

Dimensi Rohani dan Fizikal Wujud Bersama

Taman Eden yang berada di Langit Kedua, terletak di alam roh, tetapi ia berbeza dengan alam roh di Langit Ketiga. Ia bukannya alam roh sepenuhnya kerana ia boleh wujud bersama dengan dunia fizikal.

Dalam erti kata lain, Taman Eden tahap pertengahan di antara dunia fizikal dan alam roh. Manusia pertama, Adam, merupakan roh hidup, tetapi dia masih mempunyai tubuh fizikal yang diperbuat daripada tanah. Jadi Adam dan Hawa beranak dan menambahkan bilangan mereka di situ, melahirkan anak dengan cara manusia biasa (Kejadian 3:16).

Walaupun selepas manusia pertama, Adam, memakan buah daripada pokok pengetahuan tentang yang baik dan yang jahat dan diusir ke bumi, anak-anaknya yang tinggal di Taman Eden masih tinggal di situ sehingga ke hari ini sebagai roh, dan tidak mengalami kematian. Taman Eden merupakan tempat yang sangat aman dan tiada kematian. Ia diuruskan atas kuasa Tuhan dan dikawal oleh peraturan-peraturan dan perintah yang dibuat oleh Tuhan. Walaupun tidak ada bezanya siang dan malam, keturunan Adam dengan wajarnya mengetahui waktu untuk aktif, waktu untuk berehat, dan sebagainya.

Taman Eden juga mempunyai ciri-ciri yang serupa dengan bumi. Ia dipenuhi dengan pelbagai tumbuhan, haiwan dan serangga. Ia juga mempunyai alam semula jadi yang indah dan tiada berpenghujung. Namun begitu, tidak ada gunung-ganang yang tinggi melainkan hanya bukit-bukit yang rendah. Di atas bukit-bukit itu, terdapat bangunan-bangunan kecil yang seperti rumah, tetapi manusia tidak tinggal tetapi hanya berehat seketika di dalamnya.

Tempat Percutian Adam dan Anak-anaknya

Manusia pertama, Adam, hidup sangat lama di Taman Eden dan menambahkan zuriat dengan bilangan yang ramai. Oleh sebab Adam dan anak-anaknya merupakan roh hidup, mereka dapat turun ke bumi dengan bebas melalui pintu Langit Kedua.

Disebabkan Adam dan anak-anaknya telah mengunjungi bumi sebagai tempat percutian mereka untuk tempoh yang lama, anda harus sedar bahawa sejarah umat manusia sangat lama tempohnya. Setengah orang mengelirukan sejarah tersebut dengan sejarah enam-ribu-tahun pemupukan manusia dan tidak mempercayai Alkitab.

Jika anda melihat dengan teliti tamadun-tamadun kuno yang

penuh misteri, anda akan menyedari bahawa Adam dan anak-anaknya sering turun ke bumi ini. Piramid dan Sfinks di Giza, Mesir, misalnya, adalah juga jejak Adam dan anak-anaknya yang tinggal di Taman Eden. Jejak-jejak seperti itu, yang ditemui di seluruh dunia, telah dibina dengan sains dan teknologi yang jauh lebih canggih dan maju, dan anda tidak mungkin dapat meniru dengan pengetahuan sains moden pada hari ini.

Sebagai contoh, Piramid mengandungi pengiraan matematik yang menakjubkan, dan pengetahuan geometri dan astronomi yang anda hanya dapat cari dan fahami dengan kajian lanjutan. Ia mengandungi banyak rahsia yang dapat anda fahami hanya apabila anda tahu buruj yang tepat dan kitaran alam semesta. Sesetengah orang menganggap tamadun purba yang misteri itu sebagai jejak makhluk asing dari angkasa lepas tetapi dengan Alkitab, anda dapat menyelesaikan semua perkara sekalipun yang tidak dapat difahami oleh bidang sains.

Kesan Jejak Tamadun Eden

Sewaktu di Taman Eden, Adam mempunyai pengetahuan dan kemahiran yang sangat meluas sehingga tidak dapat dibayangkan. Keadaan ini adalah hasil daripada ajaran Tuhan Adam tentang pengetahuan yang benar, dan pengetahuan serta pemahaman itu telah terkumpul dan berkembang dengan berlalunya masa. Jadi untuk Adam, yang telah mengetahui semua rahsia alam semesta dan menakluki bumi, sememangnya tidak susah untuk dia membina Piramid dan Sfinks. Oleh sebab Tuhan mengajar Adam secara langsung, manusia pertama itu mengetahui perkara-perkara yang masih tidak anda ketahui atau difahami dengan sains moden.

Sesetengah piramid dibina dengan pengetahuan dan kemahiran Adam, tetapi yang lain dibina oleh anak-anaknya, dan yang selebihnya dibina oleh manusia di atas bumi yang cuba meniru piramid-piramid Adam setelah suatu tempoh yang lama. Semua piramid ini mempunyai ciri-ciri teknologi yang tersendiri. Hal ini adalah kerana hanya Adam diberikan autoriti daripada Tuhan untuk menakluki kesemua ciptaan.

Adam tinggal untuk tempoh yang sangat lama di Taman Eden, dan sekali-sekala turun ke bumi, tetapi diusir keluar dari Taman Eden setelah melakukan dosa ketidaktaatan. Walau bagaimanapun, Tuhan tidak menutup pintu yang menghubungkan bumi dengan Taman Eden untuk seketika selepas itu.

Oleh itu, anak-anak Adam yang masih tinggal di Taman Eden turun ke bumi dengan bebas, dan ketika mereka lebih kerap turun ke bumi, mereka mula mengambil anak-anak perempuan manusia sebagai isteri-isteri mereka (Kejadian 6:1-4).

Kemudian, Tuhan menutup pintu yang menghubungkan bumi dan Taman Eden selepas itu. Namun begitu, perjalanan itu tidak berhenti sepenuhnya, tetapi dikawal dengan lebih ketat tidak seperti dahulu. Anda harus menyedari bahawa kebanyakan tamadun yang misteri dan tidak dikenali di bumi merupakan jejak Adam dan anak-anaknya, ditinggalkan sewaktu mereka masih bebas turun ke bumi.

Sejarah Manusia dan Dinosaur di Bumi

Jadi, mengapakah dinosaur yang hidup di bumi pupus secara

tiba-tiba? Hal ini juga merupakan salah satu bukti penting yang memberitahu anda usia sebenar sejarah manusia. Ia merupakan rahsia yang hanya dapat diselesaikan dengan Alkitab.

Tuhan sebenarnya telah menempatkan dinosaur di Taman Eden. Mereka lembut, tetapi diusir keluar ke bumi setelah terjatuh ke dalam perangkap Iblis pada waktu Adam dapat berulang-alik dengan bebas antara bumi dan Taman Eden. Kemudian, dinosaur terpaksa tinggal di bumi dan perlu sentiasa mencari makanan. Tidak seperti waktu mereka berada di dalam Taman Eden, di mana segala-galanya melimpah, bumi ini tidak mungkin dapat menghasilkan makanan yang cukup untuk dinosaur yang berbadan besar. Mereka memakan habis buah-buahan, bijirin, dan tumbuh-tumbuhan, dan kemudian mula memakan haiwan. Mereka hampir-hampir memusnahkan alam sekitar dan rantaian makanan. Akhirnya Tuhan mengambil keputusan bahawa Dia tidak boleh lagi membiarkan dinosaur di bumi, dan menghapuskan mereka dengan api dari langit.

Pada hari ini, ramai saintis berhujah bahawa dinosaur hidup di bumi ini untuk masa yang lama. Mereka mengatakan bahawa dinosaur hidup selama lebih daripada seratus enam puluh juta tahun. Walau bagaimanapun, tiada satu pun dakwaan mereka dapat menjelaskan dengan tepat bagaimana begitu banyak dinosaur wujud dan pupus begitu secara tiba-tiba. Selain itu, jika dinosaur yang besar itu telah berkembang untuk masa yang lama, apa yang akan mereka makan untuk terus hidup?

Berdasarkan kepada teori evolusi, sebelum pelbagai jenis dinosaur muncul, banyak lagi organisma hidup peringkat rendah harus wujud, tetapi tidak ada sebarang bukti yang menyokong usul ini. Lazimnya, mana-mana kumpulan haiwan yang mengalami kepupusan, bilangannya berkurangan secara beransur-ansur, barulah lenyap sepenuhnya. Walau bagaimanapun, dinosaur lenyap secara tiba-tiba.

Para saintis berhujah bahawa kepupusan itu berlaku akibat perubahan cuaca secara mendadak, virus, radiasi disebabkan oleh letupan bintang, atau perlanggaran meteorit besar dengan bumi. Sekiranya perubahan yang sebegitu dahsyat cukup untuk membunuh semua dinosaur, haiwan-haiwan dan tumbuh-tumbuhan lain sepatutnya turut musnah. Namun begitu, tumbuh-tumbuhan, burung-burung, atau mamalia lain, masih hidup sehingga ke hari ini, jadi realiti itu tidak menyokong teori evolusi.

Walau sebelum dinosaur muncul di atas bumi ini, Adam dan Hawa tinggal di Taman Eden dan kadang-kadang turun ke bumi. Anda harus menyedari bahawa sejarah bumi adalah sangat lama.

Keindahan Alam Semula Jadi Taman Eden

Anda sedang berbaring dengan selesa pada sisi anda di tanah lapang yang dipenuhi dengan pelbagai pokok dan bunga segar, sinar matahari membalut seluruh tubuh anda dengan lembut, dan anda sedang melihat ke langit biru yang awan-awan putih sedang terapung dan menghasilkan pelbagai bentuk.

Sebuah tasik bersinar indah di kaki bukit, dan bayu lembut yang berbau wangian bunga-bungaan membelai diri anda. Anda dapat seronok berbual dengan orang yang anda sayang, dan berasa gembira. Kadang-kadang anda boleh berbaring di padang rumput yang luas atau atas timbunan bunga-bunga dan dapat menghidu bau wangi bunga dengan menyentuhnya secara lembut. Anda juga boleh berbaring dalam bayang-bayang pokok, yang mempunyai banyak buah-buahan besar yang menyelerakan, dan anda makan buah-buahan itu seberapa banyak yang anda mahu.

Di dalam tasik dan lautan terdapat pelbagai jenis ikan berwarna-warni. Jika anda mahu, anda boleh pergi ke pantai berdekatan dan menikmati ombak lautan yang menyegarkan atau pasir putih yang berkilauan disinari cahaya matahari. Ataupun jika anda mahu, anda juga boleh berenang seperti ikan.

Rusa, arnab, atau tupai yang comel dengan mata yang cantik dan berkilauan, akan datang kepada anda dan melakukan perkara-perkara comel. Di padang rumput yang luas itu, banyak haiwan bermain sesama diri secara aman.

Inilah Taman Eden, tempat yang penuh keamanan dan kegembiraan. Ramai orang di dunia ini mungkin ingin meninggalkan kesibukan kehidupan harian mereka dan menikmati keamanan dan ketenangan sebegini walaupun hanya sekali.

Kehidupan Berlimpah di Taman Eden

Manusia di dalam Taman Eden boleh makan dan berseronok sebanyak mana mereka mahu walaupun mereka tidak pernah berusaha untuk apa-apa pun. Tidak wujud perasaan risau, bimbang, atau resah, hanya penuh dengan kegembiraan, keseronokan, dan keamanan. Disebabkan segala-galanya dikawal oleh peraturan-peraturan dan perintah Tuhan, orang di situ menikmati kehidupan abadi walaupun mereka tidak pernah berusaha untuk apa-apa.

Di dalam Taman Eden, yang mempunyai persekitaran yang serupa dengan bumi, kebanyakan ciri-ciri bumi juga terdapat di situ. Namun begitu, disebabkan ia tidak dicemari atau berubah sejak diciptakan, alam sekitar dijaga yang bersih dan indah terpelihara tidak seperti keadaan di bumi.

Selain itu, walaupun orang di Taman Eden lazimnya tidak memakai pakaian, mereka tidak berasa malu dan tidak melakukan zina kerana mereka tidak mempunyai sifat berdosa dan tidak wujud kejahatan di dalam hati mereka. Mereka seolah-olah seperti bayi yang baru lahir yang bebas bermain dalam keadaan telanjang, dan sama sekali tidak berasa terganggu dan tidak peduli apa yang orang lain mungkin fikir atau kata.

Keadaan persekitaran di Taman Eden sesuai untuk manusia walaupun mereka tidak memakai sebarang pakaian, jadi mereka tidak berasa kurang selesa dengan keadaan telanjang mereka. Betapa baiknya persekitaran di situ kerana tidak ada serangga beracun atau duri yang boleh mencederakan kulit.

Ada sesetengah orang memakai pakaian. Mereka ialah pemimpin kumpulan-kumpulan tertentu. Terdapat juga susunan dan peraturan di dalam Taman Eden. Dalam satu kumpulan, terdapat seorang pemimpin dan ahli-ahli kumpulan itu mentaati dan mengikutinya. Pemimpin-pemimpin tersebut memakai pakaian tidak seperti yang lain tetapi mereka memakai pakaian hanya untuk menunjukkan pangkat mereka dan bukannya untuk menutupi, melindungi, atau menghiasi diri mereka.

Kejadian 3:8 mencatatkan tentang perubahan suhu di dalam Taman Eden: *"Ketika mereka mendengar bunyi langkah TUHAN, yang berjalan-jalan dalam taman itu pada waktu hari sejuk, bersembunyilah manusia dan isterinya itu terhadap*

TUHAN di antara pohon-pohonan dalam taman." (Petikan daripada Alkitab terjemahan bahasa Indonesia). Anda menyedari bahawa manusia mempunyai perasaan "sejuk" di dalam Taman Eden. Namun begitu, hal ini tidak bermakna mereka berpeluh-peluh kehangatan pada hari yang panas atau menggigil pada hari yang sejuk seperti yang berlaku di bumi.

Taman Eden mempunyai paras suhu, kelembapan, dan angin yang paling selesa supaya tidak wujud keadaan kurang selesa disebabkan perubahan keadaan cuaca.

Taman Eden juga tidak mempunyai kitaran siang dan malam. Ia sentiasa dikelilingi oleh cahaya Tuhan Bapa dan anda sentiasa berasa seperti pada siang hari. Manusia mempunyai waktu untuk berehat, dan mereka membezakan waktu untuk aktif dengan waktu untuk berehat melalui perubahan suhu.

Walau bagaimanapun, perubahan suhu ini tidak menaik atau menurun secara mendadak sehingga menjadikan orang di situ tiba-tiba berasa panas atau sejuk. Perubahan suhu akan menjadikan mereka berasa selesa untuk berehat dengan dibelai angin yang lembut.

2. Manusia Dipupuk di Bumi

Taman Eden adalah sangat besar dan luas sehingga anda tidak mungkin dapat membayangkan saiznya. Ia lebih kurang satu bilion kali lebih besar daripada bumi. Langit Pertama di mana manusia hanya boleh hidup selama tujuh puluh, atau lapan puluh tahun kelihatan seperti tiada hujungnya, bermula dari sistem suria kita ke hingga ke galaksi seterusnya. Betapa lebih besar Taman Eden berbanding dengan Langit Pertama, yang bilangan manusianya meningkat tanpa sebarang kematian?

Pada masa yang sama, tidak kira betapa indah, berlimpah, dan besarnya Taman Eden, ia tidak dapat dibandingkan dengan mana-mana tempat di syurga. Walaupun Firdaus, yang hanya merupakan Tempat Menunggu di syurga, ialah tempat yang jauh lebih cantik dan gembira. Kehidupan abadi di Taman Eden adalah sangat berbeza dengan kehidupan abadi di syurga.

Oleh itu, dengan meneliti rancangan Tuhan dan beberapa langkah setelah Adam diusir keluar dari Taman Eden dan dipupuk di bumi, anda akan menyedari betapa Taman Eden berbeza dengan Tempat Menunggu di syurga.

Pokok Pengetahuan tentang yang Baik dan yang Jahat di dalam Taman Eden

Manusia pertama, Adam boleh memakan apa-apa sahaja yang dia mahu, berkuasa ke atas segala ciptaan, dan hidup abadi di Taman Eden. Namun begitu, jika anda membaca Kejadian 2:16-17, Tuhan berfirman kepada manusia, *"Engkau boleh makan buah-buahan daripada semua pokok di taman ini, kecuali buah daripada pokok pengetahuan tentang yang baik dan yang jahat. Engkau tidak boleh makan buah pokok itu; jika engkau memakannya, engkau pasti mati pada hari itu juga."* Walaupun Tuhan telah memberikan Adam kuasa yang besar untu menguasai semua ciptaan dan kehendak bebas, Dia dengan tegas melarang Adam daripada memakan buah daripada pokok pengetahuan tentang yang baik dan yang jahat. Di dalam Taman Eden, ada banyak jenis buah yang berwarna-warni, cantik dan enak dan tidak dapat dibandingkan dengan buah-buahan di dunia ini. Tuhan memberikan Adam kuasa ke atas semua buah, jadi dia dapat makan sebanyak yang dia mahu.

Buah daripada pokok pengetahuan tentang yang baik dan yang jahat, adalah satu pengecualian. Melalui hal ini, anda patut sedar bahawa walaupun Tuhan telah tahu bahawa Adam akan memakan daripada pokok pengetahuan tentang yang baik dan yang jahat, Dia tidak membiarkan Adam untuk sengaja melakukan dosa ini. Oleh sebab ramai orang salah faham, jika Tuhan berniat menguji Adam dengan meletakkan pokok pengetahuan tentang yang baik dan yang jahat, dan mengetahui bahawa Adam akan melakukannya, Tuhan tidak akan memberi perintah kepada Adam dengan tegas. Jadi Tuhan bukanlah sengaja meletakkan pokok pengetahuan tentang yang baik dan yang jahat untuk membiarkan Adam memakan buahnya atau untuk mengujinya.

Seperti yang ditulis dalam Yakobus 1:13, *"Jika seseorang tergoda semasa mengalami cubaan seperti itu, dia tidak boleh berkata, 'Godaan ini datangnya daripada TUHAN.' Hal ini demikian kerana TUHAN tidak dapat digoda oleh kejahatan, dan TUHAN sendiri tidak menggoda orang."* Tuhan sendiri tidak menguji sesiapa.

Jadi, mengapa Tuhan meletakkan pokok pengetahuan tentang yang baik dan yang jahat di dalam Taman Eden?

Jika anda dapat merasai kegembiraan, sukacita, dan senang hati, hal ini kerana anda telah mengalami perasaan yang bertentangan daripada kesedihan, kesakitan dan kemurungan. Dengan cara yang sama, jika anda mengetahui kebaikan, kebenaran dan cahaya adalah baik, hal ini kerana anda telah mengalami dan mengetahui tentang kejahatan, dusta dan kegelapan adalah jahat.

Jika anda tidak pernah mengalami relativiti ini, anda tidak dapat rasakan dalam hati anda betapa bagusnya kasih, kebaikan dan kegembiraan walaupun anda pernah mendengar tentang perkara ini.

Contohnya, dapatkah seseorang, yang tidak pernah jatuh sakit atau melihat orang yang sakit, memahami kesakitan sesuatu penyakit? Orang ini juga tidak akan tahu relatif baik berada dalam keadaan sihat. Jika seseorang tidak pernah berada dalam keadaan yang memerlukan, dan tidak pernah mengenali sesiapa yang memerlukan, bagaimana dia dapat tahu tentang kemiskinan? Orang seperti ini tidak akan rasakan bahawa menjadi kaya itu "bagus", tidak kira betapa kaya dirinya. Sama juga, jika seseorang tidak pernah mengalami kemiskinan, dia tidak akan mempunyai minda yang benar-benar bersyukur dari lubuk hatinya.

Jika seseorang tidak mengetahui nilai perkara-perkara baik yang dia ada, dia tidak akan mengetahui nilai kegembiraan yang dinikmatinya. Namun begitu, jika seseorang pernah mengalami kesakitan penyakit dan kesedihan kemiskinan, dia akan dapat bersyukur dalam hatinya untuk kegembiraan yang datang daripada kehidupan yang sihat dan kaya. Inilah sebabnya Tuhan meletakkan pokok pengetahuan tentang yang baik dan yang jahat.

Oleh itu, Adam dan Hawa, yang diusir keluar dari Taman Eden, mengalami relativiti ini dan menyedari bahawa kasih dan berkat yang Tuhan telah berikan kepada mereka. Hanya ketika itulah mereka dapat menjadi anak-anak Tuhan yang benar, yang mengetahui nilai sebenar kegembiraan dan kehidupan.

Namun begitu, Tuhan tidaklah sengaja memimpin Adam ke jalan ini. Adam memilih untuk mengingkari perintah Tuhan dengan kehendaknya sendiri. Dalam kasih dan kebenaran-Nya sendiri, Tuhan telah merancang pemupukan manusia di dunia ini.

Kehendak Tuhan iaitu Pemupukan Manusia

Apabila manusia di Taman Eden diusir keluar dari sana dan mula dipupuk di dunia ini, mereka perlu mengalami segala jenis penderitaan seperti tangisan, kesedihan, kesakitan, penyakit dan kematian. Tetapi ia membolehkan mereka merasai kegembiraan sebenar dan menikmati keseronokan kehidupan abadi di syurga, dengan penuh rasa syukur.

Oleh itu, menjadikan kita anak-anak-Nya yang benar melalui pemupukan manusia hanyalah satu contoh kasih dan rancangan Tuhan yang menakjubkan. Ibu bapa tidak menganggap mereka membuang masa untuk melatih dan kadang kala menghukum anak-anak mereka jika ia dapat memberikan perubahan dan menjadikan anak-anak mereka orang yang berjaya. Jika anak-anak percaya akan kejayaan yang mereka akan capai pada masa hadapan, mereka akan bersabar dan mengatasi semua kesusahan dan halangan yang sukar.

Begitu juga, jika anda fikirkan kegembiraan sebenar yang akan anda nikmati di syurga, pemupukan di dunia ini bukanlah sesuatu yang sukar atau menyakitkan. Anda sebaliknya akan rasa bersyukur kerana dapat hidup menuruti Firman Tuhan kerana anda mengharapkan keagungan yang akan diterima kemudian.

Jadi siapakah yang lebih disayangi oleh Tuhan – orang yang benar-benar bersyukur kepada Tuhan selepas mengalami banyak kesusahan di dunia ini, atau orang yang berada dalam Taman Eden yang tidak benar-benar menghargai apa yang mereka ada walaupun mereka hidup dalam persekitaran yang begitu indah dan berlimpah?

Tuhan memupuk Adam, yang telah diusir keluar dari Taman Eden, dan memupuk anak cucunya di dunia untuk menjadikan mereka anak-anak-Nya yang benar. Apabila pemupukan manusia ini tamat dan rumah-rumah telah tersedia di syurga, Yesus akan kembali. Jika anda tinggal di syurga, anda akan mempunyai kegembiraan abadi kerana syurga aras paling bawah pun tidak dapat dibandingkan dengan keindahan Taman Eden.

Oleh itu, anda perlu menyedari rencana Tuhan dalam pemupukan manusia dan berusaha menjadi anak-Nya yang benar yang hidup berdasarkan Firman-Nya.

3. Tempat Menunggu Syurga

Keturunan Adam, yang telah mengingkari Tuhan, ditakdirkan mati sekali, dan selepas itu akan berhadapan dengan Penghakiman Agung (Ibrani 9:27). Namun begitu, roh manusia bersifat abadi, jadi mereka akan masuk sama ada syurga atau neraka.

Walau bagaimanapun, mereka tidak pergi syurga atau neraka terus, tetapi tinggal di Tempat Menunggu di syurga atau neraka. Jadi bagaimanakah Tempat Menunggu di syurga di mana anak-anak Tuhan akan tinggal?

Roh Seseorang Akan Meninggalkan Tubuhnya di Saat Kematian

Apabila seseorang meninggal dunia, roh meninggalkan tubuh. Selepas kematian, sesiapa yang tidak mengetahui akan hal ini akan berasa sangat terkejut apabila dia melihat orang yang betul-betul menyerupai dirinya sedang berbaring. Walaupun dia ialah orang yang percaya, betapa peliknya apabila dia melihat roh meninggalkan badannya sendiri.

Sekiranya anda dari dunia tiga dimensi pergi ke dunia empat dimensi yang kini anda diami, segala-galanya sangat berbeza. Tubuh berasa sangat ringan dan anda berasa seolah-olah sedang terbang. Namun begitu, anda tidak dapat mempunyai kebebasan mutlak walaupun roh anda telah meninggalkan tubuh.

Sama seperti anak burung tidak dapat terus terbang walaupun mempunyai sayap, anda masih memerlukan masa untuk menyesuaikan diri anda dengan alam roh dan belajar perkara-perkara asas.

Jadi orang yang mati dengan iman dalam Yesus Kristus dilayani oleh dua malaikat dan pergi ke Kubur Atas. Di sana, mereka belajar daripada para malaikat dan nabi tentang kehidupan di syurga.

Jika anda membaca Alkitab, anda akan menyedari bahawa terdapat dua jenis kubur. Nenek moyang iman seperti Yakub, dan Ayub berkata mereka akan pergi ke kubur setelah mereka mati (Kejadian 37:35; Ayub 7:9). Korah dan kumpulannya yang menentang Musa, seorang hamba Tuhan, jatuh ke dalam kubur itu dalam keadaan masih hidup (Bilangan 16:33).

Lukas 16 menggambarkan seorang lelaki kaya dan seorang

pengemis bernama Lazarus memasuki kubur selepas mereka mati, dan anda menyedari bahawa mereka tidak berada di dalam "kubur" yang sama. Lelaki kaya itu sangat terseksa di dalam api manakala Lazarus berehat di sisi Abraham di tempat yang jauh.

Sama seperti itu, terdapat kubur untuk mereka yang diselamatkan manakala kubur yang lain untuk orang yang tidak diselamatkan. Kubur di mana Korah dan kumpulannya, serta lelaki kaya itu akhirnya masuk ialah di Hades, yang juga dipanggil "Kubur Bawah," dan adalah milik neraka, tetapi kubur di mana Lazarus masuk adalah Kubur Atas yang menjadi milik syurga.

Tinggal Tiga Hari di Kubur Atas

Semasa zaman Perjanjian Lama, mereka yang terselamat menunggu di Kubur Atas. Semenjak Ibrahim, nenek moyang iman, dipertanggungjawabkan ke atas Kubur Atas, dan pengemis Lazarus berada di sisinya dalam Lukas 16. Walau bagaimana pun, setelah Yesus dibangkitkan semula dan naik ke syurga, mereka yang diselamatkan tidak lagi masuk Kubur Atas, di sisi Abraham. Mereka tinggal di Kubur Atas selama tiga hari, dan kemudian pergi ke suatu tempat di Firdaus. Mereka akan berada bersama Yesus di Tempat Menunggu di syurga.

Seperti yang Yesus katakan dalam Yohanes 14:2, *"Di dalam rumah Bapa-Ku terdapat banyak tempat kediaman, dan Aku akan pergi menyediakan tempat untuk kamu. Aku tidak akan berkata demikian kepada kamu, sekiranya hal itu tidak begitu."* Selepas kebangkitan-Nya dan keberangkatan ke syurga, Yesus telah menyediakan satu tempat untuk setiap orang yang percaya. Oleh itu, sejak Tuhan Yesus mula menyediakan tempat untuk anak-anak Tuhan, mereka yang diselamatkan telah tinggal di Tempat Menunggu di syurga, di suatu tempat di Firdaus.

Ada yang tertanya-tanya bagaimana begitu ramai orang yang telah diselamatkan sejak penciptaan boleh hidup di dalam Firdaus, tetapi anda tidak perlu risau Sistem suria yang merangkumi bumi ini hanyalah satu titik berbanding dengan galaksi. Jadi, sebesar mana galaksi? Berbanding dengan keseluruhan alam semesta, galaksi hanyalah suatu titik. Jadi, sebesar mana alam semesta ini?

Lagipun, alam semesta ini hanya satu antara banyak, jadi adalah mustahil untuk membayangkan saiz sebenar keseluruhan alam semesta. Jika dunia nyata ini sangat besar, betapa lebih besar lagi alam roh secara bandingan.

Tempat Menunggu Syurga

Jadi, bagaimana Tempat Menunggu di syurga di mana orang yang mendapat penyelamatan tinggal setelah tiga hari di Kubur Atas untuk menyesuaikan diri?

Apabila manusia melihat pemandangan yang cantik, mereka berkata, "Ini adalah Firdaus di bumi," atau "Ini seperti Taman Eden!" Walau bagaimanapun, Taman Eden tidak dapat dibandingkan dengan mana-mana keindahan di dunia ini. Manusia di dalam Taman Eden sedang menjalani kehidupan yang menakjubkan, bagaikan mimpi dipenuhi dengan kebahagiaan, keamanan dan keseronokan. Namun begitu, ia hanya kelihatan baik bagi orang di atas bumi ini. Sebaik sahaja anda sampai ke syurga, anda tidak akan berasa begitu.

Sama seperti Taman Eden tidak dapat dibandingkan dengan bumi ini, syurga tidak dapat dibandingkan dengan Taman Eden. Terdapat perbezaan asas antara kebahagiaan di Taman Eden yang berada di Langit Kedua dengan kebahagiaan di Tempat Menunggu Firdaus di Langit Ketiga. Hal ini adalah kerana manusia di Taman Eden bukan anak-anak sebenar Tuhan yang hati mereka telah dipupuk.

Biar saya memberikan satu contoh untuk membantu anda lebih memahami kenyataan ini. Sebelum adanya bekalan elektrik, nenek moyang orang Korea menggunakan lampu minyak tanah. Lampu-lampu ini sangat gelap berbanding dengan lampu-lampu elektrik yang kita gunakan pada hari ini, tetapi ia sangat berharga pada waktu itu kerana tiada cahaya pada waktu malam. Namun begitu, setelah manusia berkembang maju dan belajar menggunakan kuasa elektrik, kita mula menggunakan lampu-lampu elektrik secara meluas. Kepada mereka yang sudah biasa melihat lampu minyak tanah, lampu-lampu elektrik sungguh menakjubkan dan mereka dipukau oleh terangnya.

Jika anda berkata bumi ini diliputi kegelapan sepenuhnya tanpa sebarang lampu, anda boleh berkata bahawa Taman Eden adalah tempat di mana mereka menggunakan lampu minyak tanah, dan syurga adalah tempat di mana lampu-lampu elektrik digunakan. Sama seperti lampu minyak tanah dan lampu elektrik berbeza sama sekali walaupun kedua-duanya adalah sejenis lampu, Tempat Menunggu di syurga sama sekali berbeza dengan Taman Eden.

Tempat Menunggu Terletak di Pinggiran Firdaus

Tempat Menunggu syurga terletak di pinggiran Firdaus. Firdaus adalah tempat untuk mereka yang mempunyai iman yang paling kecil, dan juga yang paling jauh daripada Takhta Tuhan. Ia adalah tempat yang sangat besar.

Mereka yang menunggu di pinggiran Firdaus akan diajar pengetahuan rohani oleh para nabi. Mereka akan belajar tentang Tuhan Triniti, syurga, peraturan-peraturan alam roh, dan lain-lain. Keluasan ilmu seperti itu tidak terhad, jadi tiada penghujung dalam mempelajarinya. Namun begitu, mempelajari hal-hal rohani tidak membosankan atau susah, tidak seperti pelajaran-pelajaran tertentu di dunia ini. Lebih banyak anda pelajari, lebih teruja dan lebih tinggi kesedaran anda, maka jauh lebih molek.

Sekalipun di atas bumi ini, mereka yang mempunyai hati yang bersih dan lembut dapat berkomunikasi dengan Tuhan dan mendapat pengetahuan rohani. Ada antara orang-orang ini yang dapat melihat alam roh kerana mata rohani mereka telah terbuka. Ada juga yang dapat menyedari perkara-perkara rohani dengan inspirasi Roh Kudus. Mereka dapat belajar tentang iman atau peraturan-peraturan untuk menerima jawapan bagi doa, jadi walaupun berada di dalam dunia fizikal, mereka dapat mengalami kuasa Tuhan yang dimiliki oleh Roh Kudus.

Jika anda dapat belajar tentang hal-hal rohani dan mengalami hal ini dalam dunia fizikal, anda akan menjadi lebih bertenaga dan gembira. Betapa lebih gembiranya anda jika anda dapat belajar tentang perkara rohani di Tempat Menunggu di syurga!

Mendengar Berita tentang Dunia Ini

Apakah jenis kehidupan yang dinikmati di Tempat Menunggu di syurga? Mereka mengalami keamanan sebenar dan menunggu untuk masuk ke rumah abadi mereka di syurga. Mereka tidak kekurangan apa-apa, dan menikmati kegembiraan dan keseronokan. Mereka tidak membazirkan masa, tetapi terus belajar perkara baru daripada malaikat dan nabi.

Di kalangan mereka, ada yang dilantik sebagai pemimpin dan mereka hidup dalam keadaan tersusun. Mereka tidak dibenarkan untuk turun ke dunia, tetapi mereka tertanya-tanya apakah yang berlaku di sini. Mereka bukanlah tertanya-tanya tentang perkara duniawi, tetapi mahu tahu tentang hal berkaitan kerajaan Tuhan, seperti 'Apa khabar gereja saya? Berapa banyakkah tugas yang diamanahkan telah tercapai? Bagaimana dengan misi dunia?'

Mereka amat gembira mendengar berita tentang dunia ini menerusi malaikat yang boleh turun ke dunia, atau para nabi di Yerusalem Baru.

Tuhan pernah memberitahu saya tentang sesetengah ahli gereja saya yang kini tinggal di Tempat Menunggu di Syurga. Mereka berdoa di tempat yang berasingan dan menunggu berita tentang gereja saya. Mereka amat berminat dengan tugas yang diberikan kepada gereja saya, iaitu misi dunia dan membina Ruang Ibadat Agung. Mereka amat gembira setiap kali mereka mendengar berita yang baik. Jadi apabila mereka mendengar tentang pengagungan Tuhan melalui misi luar negara kami, mereka menjadi teruja dan berpuas hati sehingga mengadakan pesta.

Begitu juga, manusia yang berada di Tempat Menunggu

di syurga menghabiskan masa yang gembira dan seronok, dan kadangkala mendengar berita tentang dunia.

Kedudukan Tegas di Tempat Menunggu di Syurga

Manusia dengan pelbagai tahap iman, yang akan masuk ke tempat berbeza di syurga selepas Hari Penghakiman, semuanya berada di Tempat Menunggu di syurga, tetapi kedudukan dipatuhi dengan betul. Orang yang mempunyai iman yang lebih rendah menunjukkan hormat kepada orang yang mempunyai iman yang lebih tinggi dengan menundukkan kepala mereka. Kedudukan rohani bukannya ditentukan oleh kedudukan di dunia ini, tetapi sejauh mana penyucian dan kesetiaan mereka dalam tugas yang diberikan oleh Tuhan.

Dengan cara ini, kedudukan dikawal dengan ketat kerana kebenaran Tuhan menguasai syurga. Memandangkan kedudukan ditentukan berdasarkan terangnya cahaya, iaitu kadar kebaikan dan kasih setiap orang, maka tiada siapa yang tidak berpuas hati. Di syurga, semua orang mematuhi kedudukan rohani kerana tiada kejahatan dalam minda orang yang telah mendapat penyelamatan.

Namun begitu, kedudukan ini dan pelbagai jenis keagungan bukanlah bermaksud untuk memaksa kepatuhan. Ia hanya datang daripada kasih dan hormat dari hati yang benar dan ikhlas. Oleh itu, di Tempat Menunggu di syurga, mereka menghormati orang yang lebih baik daripada mereka dan menunjukkan hormat dengan menundukkan kepala, kerana mereka secara semula jadi dapat merasakan perbezaan rohani ini.

4. Orang Yang Tidak Berada di Tempat Menunggu

Semua manusia, yang akan masuk ke tempat masing-masing di syurga selepas Hari Penghakiman, kini tinggal di pinggir Firdaus, iaitu Tempat Menunggu di syurga. Namun begitu, ada beberapa pengecualian. Orang yang akan masuk ke Yerusalem Baru, tempat paling indah di syurga, akan terus pergi ke sana dan membantu kerja Tuhan. Manusia jenis ini, yang mempunyai hati Tuhan yang jernih dan indah seperti kristal, hidup dengan kasih dan penjagaan khas daripada Tuhan.

Mereka Akan Membantu Kerja Tuhan di Yerusalem Baru

Di manakah bapa iman kita, yang telah disucikan dan setia dalam semua rumah Tuhan, seperti Elia, Henokh, Abraham, Musa dan rasul Paulus, tinggal sekarang? Adakah mereka akan tinggal di pinggir Firdaus, di Tempat Menunggu di syurga? Tidak. Mereka telah disucikan sepenuhnya dan menyerupai hati Tuhan sepenuhnya, mereka sudah ada di Yerusalem Baru. Namun begitu, disebabkan Hari Penghakiman masih belum berlaku, mereka belum boleh masuk ke rumah abadi masing-masing.

Jadi, di manakah tempat tinggal mereka di Yerusalem Baru? Yerusalem Baru, yang mempunyai lebar, panjang dan tinggi 1,500 batu, ada beberapa tempat rohani yang mempunyai dimensi berbeza. Ada tempat untuk Takhta Tuhan, di sesetengah tempat rumah sedang dibina, dan ada beberapa tempat di mana bapa iman yang telah masuk ke Yerusalem Baru sedang bekerja dengan Yesus Kristus.

Bapa iman yang sudah berada di Yerusalem Baru inginkan hari di mana mereka akan masuk ke tempat abadi, sambil membantu kerja Tuhan dan Yesus Kristus dalam menyediakan tempat untuk kita. Mereka juga mempunyai keinginan yang kuat untuk masuk ke rumah abadi mereka kerana mereka hanya boleh masuk selepas Kedatangan Kedua Yesus Kristus di udara, Jamuan Perkahwinan Tujuh Tahun, dan Milenium di bumi ini.

Rasul Paulus, yang penuh dengan harapan untuk syurga, mengakui hal berikut dalam 2 Timotius 4:7-8.

> *Aku sudah berusaha dengan sebaik-baiknya dalam perlumbaan dan aku sudah sampai di garis akhir. Aku tetap setia kepada Kristus sampai akhir. Sekarang hadiah kemenangan menantikan aku. Pada Hari Kiamat, Tuhan, Hakim yang adil akan menyerahkan hadiah itu kepadaku, kerana aku telah menurut kehendak-Nya. Bukan aku sahaja yang akan menerimanya, tetapi juga semua orang yang menantikan kedatangan-Nya dengan penuh kerinduan.*

Orang yang memperjuangkan kebenaran dan mengharapkan kepulangan Yesus mempunyai harapan untuk mendapat tempat dan ganjaran di syurga. Iman dan harapan begini dapat meningkat jika anda tahu lebih banyak tentang dunia rohani, dan itulah sebabnya saya menerangkan syurga dengan terperinci.

Taman Eden di Langit Kedua atau Tempat menunggu di

Langit Ketiga adalah lebih indah berbanding dunia ini, tetapi tempat ini tidak dapat dibandingkan dengan keagungan dan keindahan Yerusalem Baru yang menempatkan Takhta Tuhan.

Oleh itu, saya berdoa dalam nama Yesus Kristus agar anda bukan sahaja akan berlari ke arah Yerusalem Baru dengan iman dan harapan seperti rasul Paulus, tetapi juga akan memimpin ramai orang ke jalan penyelamatan dengan menyebarkan injil walaupun tugas ini akan mengancam nyawa anda.

Bab 3

Jamuan Perkahwinan Tujuh Tahun

1. Kepulangan Yesus dan Jamuan Perkahwinan Tujuh Tahun
2. Milenium
3. Ganjaran Syurga selepas Hari Penghakiman

Berbahagialah mereka
yang dibangkitkan pada tahap pertama itu;
mereka milik TUHAN.
Kematian tahap kedua tidak berkuasa atas mereka.
Mereka akan menjadi imam TUHAN dan imam Kristus.
Mereka akan memerintah bersama-sama Dia
selama seribu tahun.

- Wahyu 20:6 -

Sebelum anda menerima ganjaran anda dan memulakan kehidupan abadi di syurga, anda harus melalui Penghakiman Takhta Putih. Sebelum hari Penghakiman Agung, akan berlaku Kedatangan Kedua Yesus di angkasa, Jamuan Perkahwinan Tujuh Tahun, kepulangan Yesus ke bumi dan Milenium.

Semua ini telah disediakan oleh Tuhan untuk menghiburkan anak-anak yang dikasihi-Nya yang telah mempertahankan iman mereka di atas bumi ini, dan membenarkan mereka merasa sedikit keadaan di syurga.

Oleh itu, orang yang percaya kepada Kedatangan Kedua Yesus dan berharap bertemu dengan Dia, iaitu pengantin lelaki kita, akan menantikan Jamuan Perkahwinan Tujuh Tahun dan Milenium. Firman Tuhan di dalam Alkitab adalah benar dan semua nubuat di dalamnya sedang digenapi hari ini.

Anda harus menjadi orang percaya yang bijaksana dan melakukan yang terbaik untuk menyiapkan diri anda sebagai pengantin-Nya, dengan menyedari bahawa sekiranya anda tidak sedar dan hidup berdasarkan Firman Tuhan, Hari Tuhan akan datang seperti pencuri, dan anda akan jatuh ke dalam kematian.

Marilah kita meneliti dengan lebih terperinci segala perkara menakjubkan yang akan dialami oleh anak-anak Tuhan sebelum mereka masuk ke syurga yang jernih dan indah seperti kristal.

1. Kedatangan Yesus dan Jamuan Perkahwinan Tujuh Tahun

Rasul Paulus mencatatkan di dalam Roma 10:9, *"Jika kamu mengaku di hadapan orang bahawa 'Yesus itu Tuhan,' dan kamu sungguh-sungguh percaya bahawa TUHAN sudah membangkitkan Yesus daripada kematian, kamu akan diselamatkan."* Untuk mendapat penyelamatan, anda bukan sahaja harus mengaku Yesus sebagai Penyelamat anda tetapi juga mempercayai dalam hati anda bahawa Dia mati dan bangkit daripada kematian.

Jika anda tidak percaya kepada kebangkitan semula Yesus, anda tidak dapat percaya kepada kebangkitan semula diri anda yang bakal berlaku dengan Kedatangan Kedua Yesus. Anda juga tidak dapat mempercayai bahawa Yesus akan datang semula. Sekiranya anda tidak dapat mempercayai kewujudan syurga dan neraka, maka anda tidak dapat memperoleh kekuatan untuk hidup berdasarkan Firman Tuhan, dan anda tidak akan mendapat penyelamatan.

Matlamat Utama Kehidupan Kristian

Dikatakan dalam 1 Korintus 15:19, *"Jika harapan kita kepada Kristus terbatas kepada hidup kita di dunia ini sahaja, maka kitalah yang paling malang antara semua orang di dunia ini!"* Anak-anak Tuhan datang ke gereja, menghadiri kebaktian, dan melayani Tuhan dengan banyak cara pada setiap hari Ahad, tidak seperti orang yang tidak percaya di dunia ini. Untuk hidup berdasarkan Firman Tuhan, mereka selalu berpuasa, dan berdoa dengan tekun di ruang ibadat Tuhan pada waktu awal pagi atau lewat malam walaupun mereka kadangkala memerlukan rehat.

Mereka juga tidak mencari manfaat untuk diri sendiri, tetapi berkhidmat kepada orang lain dan mengorbankan diri untuk kerajaan Tuhan. Itulah sebabnya jika tiada syurga, orang yang setia adalah orang paling malang. Namun begitu, Yesus pasti akan kembali untuk membawa anda ke syurga, dan Dia sedang menyediakan tempat yang indah untuk anda. Dia akan memberikan anda ganjaran yang setimpal dengan apa yang anda tabur dan lakukan di dunia ini.

Yesus berkata dalam Matius 16:27, *"Anak Manusia sudah hampir tiba bersama-sama para malaikat-Nya dengan kemuliaan Bapa-Nya. Pada masa itu Dia akan membalas tiap-tiap orang menurut perbuatannya."* Di sini, *"membalas tiap-tiap orang menurut perbuatannya"* bukanlah hanya bermakna pergi ke syurga atau neraka. Antara orang beriman yang masuk ke syurga sekalipun, ganjaran dan kemuliaan yang diberikan kepada mereka berbeza menurut cara mereka hidup di dunia ini.

Ada orang yang berasa marah dan takut apabila mendengar Yesus Kristus akan kembali tidak lama lagi. Namun begitu, jika anda benar-benar mengasihi Yesus dan berharap masuk ke syurga, anda akan menantikan dan tidak sabar untuk bertemu dengan-Nya. Jika anda mengaku dengan lidah, "Saya mengasihi-Mu, Tuhan Yesus," tetapi tidak suka dan takut mendengarkan bahawa Dia akan datang tidak lama lagi, anda sebenarnya tidak mengasihi Tuhan Yesus dengan sebenar-benarnya.

Oleh itu, anda perlu menerima Yesus Kristus, pengantin lelaki anda dengan gembira, dan menantikan Kedatangan Kedua-Nya dalam hati anda dan menyediakan diri anda sebagai seorang pengantin perempuan.

Kedatangan Kedua Yesus Kristus di Angkasa

Tertulis dalam 1 Tesalonika 4:16-17, *"Pada masa itu malaikat agung akan berseru dengan suara yang kuat dan trompet TUHAN dibunyikan, lalu Tuhan sendiri akan turun dari syurga. Mereka yang percaya kepada Kristus dan sudah meninggal dunia akan dihidupkan terlebih dahulu. Kemudian kita yang masih hidup pada waktu itu akan diangkat bersama-sama mereka ke awan untuk berjumpa dengan Tuhan di angkasa."*

Apabila Yesus kembali di angkasa, setiap anak Tuhan akan bertukar menjadi tubuh rohani dan diangkat naik ke angkasa untuk menerima Yesus Kristus. Ada orang yang telah diselamatkan dan mati. Tubuh mereka telah dikebumikan tetapi roh mereka menanti di Firdaus. Kita menggelar orang begini sebagai "tidur dalam Yesus Kristus." Roh mereka akan digabungkan dengan tubuh rohani yang diubah daripada tubuh lama mereka yang telah dikebumikan. Mereka akan diikuti oleh orang yang menerima Yesus Kristus tanpa mengalami kematian, berubah kepada tubuh rohani dan diangkat ke angkasa.

Tuhan Menyediakan Jamuan Perkahwinan di Angkasa

Apabila Yesus kembali di angkasa, semua orang yang telah diselamatkan dari masa penciptaan akan menerima Tuhan Yesus sebagai pengantin lelaki. Pada masa ini, TUHAN memulakan Jamuan Perkahwinan Tujuh Tahun untuk menyenangkan hati anak-anak-Nya yang diselamatkan melalui iman. Mereka pasti akan menerima ganjaran di syurga untuk semua amalan mereka nanti, tetapi buat masa sekarang, Tuhan masih menyediakan jamuan di angkasa untuk anak-anak-Nya.

Contohnya, jika seorang jeneral pulang dengan kemenangan besar, apa yang akan raja lakukan? Dia akan memberikan jeneral pelbagai jenis ganjaran atas khidmat cemerlang. Raja mungkin akan memberikannya rumah, tanah, ganjaran wang, dan juga jamuan untuk membalas jasanya.

Dengan cara yang sama, Tuhan memberikan anak-anak-Nya tempat untuk tinggal dan ganjaran di syurga selepas Hari Penghakiman tetapi sebelum itu, Dia juga menyediakan Jamuan Perkahwinan untuk menggembirakan hati anak-anak-Nya dan berkongsi kegembiraan mereka. Walaupun usaha yang dilakukan oleh setiap orang di dunia ini untuk kerajaan Tuhan adalah berbeza, Tuhan menyediakan jamuan kerana mereka semua telah diselamatkan.

Jadi, di manakah lokasi "angkasa" di mana Jamuan Perkahwinan Tujuh Tahun akan diadakan? "Angkasa" bukanlah langit yang anda boleh lihat dengan mata kasar. Jika "angkasa" adalah langit yang anda dapat lihat dengan mata kasar, semua orang yang diselamatkan akan menghadiri jamuan yang terapung di langit. Ramai orang telah diselamatkan sejak penciptaan, dan jumlah ini tidak dapat ditampung oleh langit di bumi.

Tambahan pula, jamuan ini dirancang dan disediakan dengan terperinci kerana Tuhan sendiri menyediakannya untuk keselesaan anak-anak-Nya. Ada suatu tempat yang telah disediakan oleh Tuhan sejak dahulu lagi. Tempat ini adalah "angkasa" yang Tuhan sediakan untuk Jamuan Perkahwinan

Tujuh Tahun, dan tempat ini adalah Langit Kedua.

"Angkasa" Terletak di Langit Kedua

Efesus 2:2 menyatakan *"Pada masa itu hidup kamu mengikut cara hidup yang jahat daripada orang di dunia ini. Kamu mentaati penguasa roh-roh jahat di angkasa, iaitu roh yang sekarang menguasai orang yang tidak taat kepada TUHAN."* Jadi "angkasa" juga adalah tempat di mana roh-roh jahat berkuasa.

Namun begitu, tempat di mana Jamuan Perkahwinan Tujuh Tahun akan diadakan dan tempat di mana wujudnya roh-roh jahat adalah tidak sama. Istilah yang sama "angkasa" digunakan kerana kedua-duanya termasuk dalam Langit Kedua. Namun begitu, Langit Kedua juga bukannya hanya satu ruang sahaja, tetapi dibahagikan kepada beberapa kawasan. Jadi, tempat di mana Jamuan Perkahwinan Tujuh Tahun akan diadakan dan tempat di mana wujudnya roh-roh jahat adalah terpisah.

Tuhan menciptakan dunia rohani baru yang dinamakan Langit Kedua dengan mengambil sebahagian daripada dunia rohani sebenar. Kemudian Dia membahagikannya kepada dua bahagian. Satu ialah Taman Eden, kawasan cahaya yang menjadi milik Tuhan, dan satu lagi adalah kawasan kegelapan yang Tuhan berikan kepada roh-roh jahat.

Tuhan menciptakan Taman Eden, di mana Adam tinggal sehingga bermulanya pemupukan manusia, di kawasan timur Eden. Tuhan menempatkan Adam di Taman ini. Tuhan juga telah memberikan kawasan kegelapan kepada roh-roh jahat dan membenarkan mereka untuk tinggal di sana. Kawasan kegelapan dan Taman Eden adalah terpisah.

Tempat Jamuan Perkahwinan Tujuh Tahun

Jadi, di manakah Jamuan Perkahwinan Tujuh Tahun akan diadakan? Taman Eden hanyalah sebahagian daripada Eden dan ada banyak lagi ruang lain di Eden. Di salah satu ruang ini Tuhan telah menyediakan suatu ruang untuk Jamuan Perkahwinan Tujuh Tahun.

Tempat di mana Jamuan Perkahwinan Tujuh Tahun akan diadakan adalah lebih indah berbanding Taman Eden. Di sini terdapat pokok dan bunga yang cantik. Lampu berwarna-warni bersinar terang, dan kawasan sekeliling di sini amat indah tidak terkata dan sungguh bersih.

Ia juga amat luas kerana semua orang yang telah diselamatkan sejak penciptaan lagi akan menghadiri jamuan bersama-sama. Di sini ada sebuah istana yang besar, dan ia cukup besar untuk menampung semua orang yang dijemput ke jamuan. Jamuan akan diadakan di istana ini, dan akan ada waktu-waktu indah yang tidak terbayangkan. Sekarang, saya ingin menjemput anda ke istana untuk Jamuan Perkahwinan Tujuh Tahun. Saya berharap anda akan dapat rasakan kegembiraan menjadi pengantin Yesus, yang merupakan tetamu kehormat dalam jamuan ini.

Bertemu Yesus Kristus di Tempat yang Bersinar Terang dan Indah

Apabila anda tiba di dewan jamuan, anda akan lihat sebuah

bilik berkilau yang dipenuhi cahaya terang yang tidak pernah anda lihat sebelum ini. Anda akan rasakan tubuh anda lebih ringan daripada bulu burung. Apabila anda mendarat dengan lembut di atas rumput hijau, persekitaran yang tidak dapat dilihat disebabkan silau daripada sinaran cahaya mula dapat anda lihat. Anda dapat melihat langit dan sebuah tasik yang jernih serta bersih yang mengagumkan anda. Tasik ini bersinar seperti permata yang menyerlahkan warna-warna yang cantik setiap kali air beralun.

Keempat-empat sudut dipenuhi bunga dan belukar hijau mengelilingi seluruh kawasan ini. Bunga-bunga berayun seolah-olah melambai kepada anda dan anda dapat menghidu aroma yang pekat, indah dan wangi, yang tidak pernah anda hidu sebelum ini. Kemudian burung-burung pelbagai warna akan datang dan menyambut ketibaan anda dengan nyanyian. Di dalam tasik, yang begitu jernih sehingga anda dapat melihat ke dasarnya, ikan-ikan yang begitu menakjubkan cantiknya menimbulkan kepala ke permukaan air dan mengalu-alukan kedatangan anda.

Rumput di mana anda berpijak juga lembut seperti kapas. Angin yang bertiup membuatkan pakaian anda berkibar lembut dan membalut tubuh anda dengan lembut. Pada saat ini, cahaya yang terang masuk ke mata anda dan anda akan lihat sesusuk tubuh manusia di tengah-tengah cahaya itu.

Yesus Kristus Memeluk Anda dan Berkata, "Pengantin-Ku, Aku Mengasihimu"

Dengan senyuman di bibir-Nya, Dia memanggil anda untuk datang kepada-Nya dengan tangan terbuka luas. Apabila anda mendekati-Nya, wajah-Nya akan dapat dilihat dengan jelas. Anda akan melihat wajah-Nya buat kali pertama, tetapi anda kenal benar siapa diri-Nya. Dia ialah Yesus Kristus, pengantin anda, yang anda kasihi dan nantikan selama ini. Pada saat ini, air mata mula mengalir menuruni pipi anda. Anda tidak akan mampu menghentikan tangisan kerana anda teringat akan masa-masa anda dipupuk di dunia ini.

Anda berhadapan dengan Yesus Kristus pada waktu ini, yang melalui-Nya anda dapat mengatasi hal-hal di dunia sekalipun dalam situasi-situasi yang paling sukar, dan anda berhadapan dengan banyak ujian dan penyeksaan. Yesus Kristus datang kepada anda, memeluk anda, dan berkata, "Pengantin-Ku, Aku telah menunggu saat ini. Aku mengasihimu."

Selepas mendengarkan hal ini, lebih banyak air mata akan mengalir. Yesus Kristus akan menyapu air mata dari pipi anda dan memeluk anda lebih kuat. Apabila anda melihat ke dalam mata-Nya, anda akan merasakan hati-Nya. "Aku tahu segala-galanya tentangmu. Aku tahu tangisan dan kesakitanmu. Hanya akan ada kegembiraan dan sukacita."

Berapa lamakah anda telah menunggu untuk saat ini? Apabila anda berada dalam dakapan-Nya, anda berada dalam keadaan paling tenang; kegembiraan dan kelimpahan menyelimuti seluruh tubuh anda.

Sekarang, anda dapat mendengar bunyi puji-pujian yang lembut, mendalam dan indah. Kemudian, Yesus Kristus akan memegang tangan anda dan membawa anda ke tempat di mana puji-pujian sedang diadakan.

Dewan Jamuan Perkahwinan Dipenuhi Cahaya Berwarna-Warni

Tidak lama kemudian, anda akan melihat sebuah istana yang bersinar yang sangat indah dan menakjubkan. Apabila anda berdiri di hadapan pintu gerbang istana, ia terbuka dengan perlahan dan cahaya terang dari istana melimpah keluar. Apabila anda masuk ke dalam istana dengan Yesus Kristus seolah-olah anda ditarik oleh cahaya untuk masuk ke dalam, ada sebuah dewan yang begitu besar dan anda tidak akan dapat melihat penghujungnya. Dewan ini dihias dengan perhiasan dan objek yang cantik, dan penuh dengan warna-warni dan cahaya terang.

Bunyi puji-pujian sudah semakin jelas pada katika ini, dan ia bergema di sekeliling dewan dengan lembut. Akhirnya, Yesus Kristus mengumumkan permulaan Jamuan Perkahwinan dengan suara yang bergema. Jamuan Perkahwinan Tujuh Tahun bermula, dan acara ini seolah-olah sedang berlaku dalam mimpi anda.

Dapatkah anda rasakan kegembiraan saat ini? Tentu sekali, bukan semua orang yang dapat bersama Yesus Kristus seperti ini semasa jamuan. Hanya orang yang mempunyai kelayakan dapat mengikut-Nya dengan rapat dan didakap oleh-Nya.

Oleh itu, anda perlu menyediakan diri sebagai pengantin Yesus dan melibatkan diri dalam perkara-perkara suci. Walaupun tidak semua orang dapat memegang tangan Yesus Kristus, mereka akan merasakan kegembiraan dan kepuasan yang sama.

Menikmati Saat-saat Bahagia dengan Bernyanyi dan Menari

Sebaik sahaja Jamuan Perkahwinan bermula, anda bernyanyi dan menari dengan Yesus Kristus, meraikan nama Tuhan Bapa. Anda menari dengan Yesus Kristus, bercakap tentang masa di muka bumi ini, atau tentang syurga di mana anda akan tinggal.

Anda juga bercakap tentang kasih Tuhan Bapa dan memuliakan Dia. Anda dapat berbual-bual dengan orang-orang yang telah lama anda ingin bersama mereka.

Sambil anda menikmati buah yang mencair di dalam mulut anda, dan minum Air Kehidupan yang mengalir daripada Takhta Bapa, jamuan itu berterusan dengan meriah. Namun begitu, anda tidak semestinya tinggal di dalam istana itu selama tujuh tahun. Dari masa ke masa, anda boleh keluar dari istana itu dan menghabiskan masa berseronok di luar.

Jadi, apakah jenis aktiviti-aktiviti menyeronokkan yang menantikan anda di luar istana? Anda mempunyai masa untuk menikmati keindahan alam semula jadi dan berkawan dengan tumbuh-tumbuhan, pokok-pokok, bunga-bungaan, dan burung-burung. Anda boleh berjalan dengan orang-orang yang anda kasihi di atas jalan yang dihiasi dengan bunga-bunga yang cantik, bercakap dengan mereka, atau kadang-kadang memuji Yesus Kristus dengan nyanyian dan tarian. Terdapat juga banyak benda yang dapat anda nikmati di tempat-tempat yang besar dan luas. Sebagai contoh, anda boleh pergi menaiki bot di tasik dengan orang-orang tersayang, atau dengan Yesus Kristus sendiri. Anda boleh berenang, atau menikmati pelbagai hiburan dan permainan. Banyak aktiviti yang memberikan anda kebahagiaan dan keseronokan yang tidak terbayangkan yang disediakan hasil daripada kasih dan keprihatinan Tuhan yang menyeluruh.

Semasa Jamuan Perkahwinan Tujuh Tahun diadakan, tiada lampu yang akan ditutup. Sudah tentu, Taman Eden adalah tempat bercahaya dan tiada waktu malam di situ. Di Taman Eden, anda tidak perlu berehat dan tidur seperti anda lakukan di dunia ini. Tidak kira betapa lama anda berseronok, anda tidak akan berasa letih, sebaliknya anda akan berasa lebih berseronok dan gembira.

Inilah sebabnya anda tidak terasa waktu berlalu, dan masa tujuh tahun itu akan berlalu seperti tujuh hari, ataupun tujuh jam. Walaupun ibu bapa, anak-anak, atau adik-beradik anda yang belum lagi diangkat naik dan sedang menderita akibat Bencana Dahsyat di bumi, masa akan berlalu dengan pantas dengan penuh keseronokan dan kegembiraan sehingga anda tidak sempat berfikir tentang mereka.

Lebih Bersyukur kerana Diselamatkan

Orang di dalam Taman Eden dan para tetamu Jamuan Perkahwinan Tujuh Tahun dapat melihat sesama mereka, tetapi tidak datang datang dan pergi. Roh-roh jahat juga dapat melihat Jamuan Perkahwinan itu dan anda juga boleh melihat mereka. Sudah pasti roh-roh jahat ini tidak mungkin dapat berfikir untuk menghampiri tempat jamuan, tetapi anda masih dapat melihat mereka. Roh-roh jahat itu menderita kesakitan yang hebat apabila melihat jamuan itu dan kegembiraan para tetamu tersebut. Bagi mereka, kegagalan membawa seorang lagi ke neraka dan menyerahkan manusia kepada Tuhan sebagai anak-

anak-Nya adalah kesakitan yang tidak tertanggungkan.

Sebaliknya, dengan melihat roh-roh jahat itu, anda diingatkan tentang betapa roh-roh jahat berusaha untuk memusnahkan anda seperti singa lapar sewaktu anda sedang dipupuk di bumi ini.

Pada ketika itu, anda menjadi lebih bersyukur atas berkat Tuhan Bapa, Yesus Kristus, dan Roh Kudus yang telah melindungi anda daripada kuasa kegelapan dan memimpin anda sehingga menjadi anak Tuhan. Selain itu, anda juga sangat bersyukur kepada mereka yang telah membantu anda menuju ke jalan kehidupan.

Jadi Jamuan Perkahwinan Tujuh Tahun itu bukan sekadar masa untuk berehat dan dihiburkan setelah kesakitan dipupuk di bumi ini, tetapi ia juga merupakan masa anda diingatkan tentang waktu di bumi dan lebih bersyukur atas kasih Tuhan.

Anda juga berfikir tentang kehidupan abadi di syurga yang akan lebih menggembirakan berbanding Jamuan Perkahwinan Tujuh Tahun itu. Kebahagiaan di syurga tidak dapat dibandingkan dengan kebahagiaan Jamuan Perkahwinan Tujuh Tahun.

Bencana Dahsyat Tujuh Tahun

Semasa jamuan perkahwinan yang menggembirakan diadakan di angkasa, Bencana Dahsyat Tujuh Tahun akan berlaku serentak di bumi ini. Oleh kerana saiz dan jenis Bencana Dahsyat itu tidak pernah berlaku dan tidak pernah akan berlaku, hampir keseluruhan bumi akan musnah dan kebanyakan orang yang tertinggal akan mati.

Sudah pasti, ada yang terselamat melalui apa yang digelar sebagai "penyelamatan sipi-sipi." Ramai orang yang tertinggal di bumi selepas Kedatangan Kedua Yesus kerana mereka langsung tidak beriman, ataupun atau tidak betul-betul beriman. Namun begitu, apabila mereka bertaubat ketika Bencana Dahsyat Tujuh Tahun dan menjadi syahid, mereka boleh diselamatkan. Hal ini dinamakan "penyelamatan sipi-sipi."

Walau bagaimanapun, menjadi syahid sewaktu Bencana Dahsyat Tujuh Tahun adalah tidak mudah. Walaupun mereka membuat keputusan untuk menjadi syahid pada mulanya, kebanyakan mereka akhirnya akan menyangkal Yesus Kristus kerana kekejaman penyeksaan dan penganiayaan yang dilakukan oleh antiKristus yang memaksa mereka untuk menerima tanda "666."

Mereka kebiasaannya dengan keras akan menolak daripada menerima tanda itu kerana mereka tahu bahawa sebaik sahaja tanda itu diterima, mereka akan menjadi hak Iblis. Namun begitu, adalah tidak mudah untuk menanggung seksaan yang diiringi kesakitan yang melampau.

Walaupun anda dapat mengatasi seksaan-seksaan tersebut, namun jauh lebih susah apabila anda melihat ahli keluarga yang tersayang diseksa. Sebab itulah adalah sangat sukar diselamatkan melalui "penyelamatan sipi-sipi" ini. Tambahan pula, disebabkan manusia tidak dapat menerima bantuan daripada Roh Kudus pada waktu itu, maka adalah jauh lebih susah untuk mengekalkan iman.

Oleh itu, saya berharap bahawa tidak seorang pun dalam kalangan para pembaca akan mengalami Bencana Dahsyat Tujuh Tahun. Sebab yang mendorong saya untuk menerangkan Bencana Dahsyat Tujuh Tahun adalah supaya anda tahu bahawa kejadian-kejadian yang direkodkan di dalam Alkitab tentang penghujung zaman sedang dan akan berlaku dengan tepatnya.

Sebab lain adalah untuk mereka yang akan tertinggal di bumi setelah anak-anak Tuhan diangkat naik ke angkasa. Serentak dengan masa orang yang benar-benar beriman diangkat naik ke angkasa untuk menikmati Jamuan Perkahwinan Tujuh Tahun, Bencana Dahsyat Tujuh Tahun yang amat menyedihkan itu akan berlangsung di bumi.

Orang Mati Syahid Mendapat "Penyelamatan Sipi-sipi"

Selepas kedatangan Tuhan Yesus di angkasa, akan ada sesetengah orang yang tidak diangkat naik ke angkasa, yang bertaubat daripada iman mereka yang tidak sempurna dalam Yesus Kristus.

Apa yang membawa mereka kepada "penyelamatan sipi-sipi" ialah Firman Tuhan yang dikhutbahkan oleh gereja yang menunjukkan kerja-kerja Tuhan yang berkuasa hebat pada akhir zaman. Mereka mula mengetahui cara untuk diselamatkan, kejadian-kejadian yang akan berlaku, dan cara mereka harus bertindak balas terhadap kejadian-kejadian di dunia yang telah dinubuatkan melalui Firman Tuhan.

Jadi terdapat segelintir orang yang akan benar-benar bertaubat kepada Tuhan dan diselamatkan dengan menjadi syahid. Inilah yang dinamakan "penyelamatan sipi-sipi." Sudah tentu, orang Israel tergolong dalam kumpulan ini. Mereka akan mula mengetahui "Pesanan Salib" dan menyedari bahawa Yesus, yang mereka tidak kenal sebagai Mesias, adalah Anak sebenar Tuhan, dan Penyelamat seluruh umat. Kemudian mereka akan bertaubat dan menjadi sebahagian daripada "penyelamatan sipi-sipi." Mereka akan berkumpul untuk menambahkan iman mereka, dan segelintir antara mereka akan insaf tentang hati Tuhan dan menjadi syahid untuk diselamatkan.

Dengan cara ini, penulisan yang menerangkan Firman Tuhan dengan jelas bukan sahaja dapat membantu tahap iman ramai orang yang percaya, tetapi juga memainkan peranan yang sangat penting untuk orang yang tidak diangkat ke angkasa. Oleh itu, anda harus menyedari kasih dan belas kasihan Tuhan yang mendalam, yang telah menyediakan segala-galanya untuk mereka yang akan diselamatkan walaupun selepas Kedatangan Kedua Yesus di angkasa.

2. Milenium

Para pengantin yang telah menamatkan Jamuan Perkahwinan Tujuh Tahun akan turun ke bumi dan berkuasa bersama-sama Tuhan Yesus selama seribu tahun (Wahyu 20:4). Apabila Tuhan Kristus kembali ke bumi, Dia akan membersihkan bumi. Dia akan mula-mula sekali membersihkan udara, dan mengembalikan keindahan alam semula jadi.

Melawati Seluruh Bumi yang Baru Dibersihkan

Sama seperti pasangan pengantin baru pergi berbulan madu, anda juga akan pergi berbulan madu dengan Tuhan Yesus pengantin anda sewaktu Milenium selepas Jamuan Perkahwinan Tujuh Tahun. Jadi, manakah yang anda paling ingin lawat?

Anak-anak Tuhan, pengantin-pengantin Yesus Kristus, tentu ingin melawati bumi kerana mereka harus meninggalkannya tidak lama lagi. Tuhan akan memindahkan semua yang ada di dalam Langit Pertama, seperti bumi di mana pemupukan manusia berlaku, matahari, dan bulan ke ruangan yang lain selepas Milenium.

Oleh itu, selepas Jamuan Perkahwinan Tujuh Tahun, Tuhan Bapa akan menghiasi bumi semula dengan indah sekali dan membenarkan anda berkuasa ke atasnya bersama dengan Yesus Kristus selama seribu tahun sebelum Dia memindahkannya. Hal ini merupakan proses yang telah dirancang terlebih awal yang teerangkum dalam rencana Tuhan yang menciptakan semua benda di alam semesta selama enam hari, dan berehat pada hari yang ketujuh. Hal ini juga dilakukan supaya anda tidak berasa kesal kerana terpaksa meninggalkan bumi dengan membiarkan anda berkuasa bersama dengan Yesus Kristus selama seribu tahun. Anda akan menikmati waktu menyeronokkan memerintah bersama Yesus Kristus selama satu ribu tahun di atas bumi indah yang telah dihias semula itu. Dengan melawati semua tempat yang tidak pernah anda lawat sewaktu anda berada di bumi, anda akan berasa gembira dan seronok yang tidak pernah anda rasa.

Pemerintahan Seribu Tahun

Pada waktu ini, tiada Iblis dan roh jahat. Sama seperti kehidupan di dalam Taman Eden, hanya akan wujud keamanan dan ketenteraman di dalam persekitaran yang selesa. Selain itu, mereka yang terselamat akan tinggal di bumi bersama-sama Tuhan Yesus, tetapi mereka tidak akan tinggal bersama-sama dengan manusia badaniah yang terselamat daripada Bencana Dahsyat. Mereka yang terselamat dan Yesus Kristus akan tinggal di tempat yang berasingan seperti istana diraja. Dalam erti kata lain, manusia rohaniah akan tinggal di dalam istana, dan manusia badaniah akan tinggal di luar istana kerana mereka yang bersifat rohaniah dan badaniah tidak boleh tinggal di tempat yang sama.

Manusia rohaniah pada waktu itu telah pun berubah menjadi tubuh rohani dan memiliki kehidupan abadi. Jadi mereka dapat hidup dengan menghidu aroma seperti haruman bunga, tetapi kadang-kadang boleh juga makan dengan manusia badaniah apabila mereka bersama. Namun begitu, sekiranya mereka makan, mereka tidak akan membuang najis seperti manusia badaniah. Walaupun mereka memakan makanan fizikal, ia akan meresap ke udara melalui nafas mereka.

Manusia badaniah akan berfokus kepada hal menambahkan bilangan mereka kerana tidak ramai yang terselamat daripada Bencana Dahsyat Tujuh Tahun. Pada waktu ini, tidak akan wujud penyakit atau kejahatan kerana udara bersih, dan musuh kita, Iblis dan roh jahat tidak akan berada di situ. Oleh sebab Iblis dan roh jahat yang mengawal kejahatan telah dikurung di dalam jurang maut yang tidak berdasar, ketidakbenaran dan kejahatan yang menjadi sifat semula jadi manusia tidak akan berpengaruh (Wahyu 20:3). Oleh sebab juga tiada kematian, maka bumi akan dipenuhi semula dengan manusia.

Jadi, apakah yang akan dimakan oleh manusia badaniah? Apabila Adam dan Hawa tinggal di dalam Taman Eden, mereka hanya memakan buah dan tumbuh-tumbuhan yang menghasilkan biji-bijian (Kejadian 1:29). Selepas Adam dan Hawa mengingkari Tuhan dan diusir keluar dari Taman Eden, mereka mula memakan tumbuh-tumbuhan yang ditanam

(Kejadian 3:18). Selepas banjir pada zaman Nuh, dunia menjadi lebih jahat lalu Tuhan membenarkan manusia memakan daging. Anda mendapati bahawa apabila dunia menjadi bertambah jahat, makanan yang dimakan manusia juga menjadi bertambah jahat.

Sewaktu Milenium, manusia memakan hasil tanaman atau buah-buahan daripada pokok. Mereka tidak akan memakan daging, sama seperti orang pada zaman Nuh sebelum banjir melanda, kerana tiada kejahatan ataupun pembunuhan. Oleh sebab semua tamadun dunia akan termusnah disebabkan peperangan sewaktu Bencana Dahsyat, manusia akan kembali kepada gaya hidup primitif dan menambahkan bilangan di atas bumi yang telah diperbaharui oleh Tuhan. Mereka akan memulakan hidup baru dalam persekitaran yang murni, yang tidak tercemar, aman, dan indah.

Selain itu, walaupun mereka telah menikmati tamadun yang maju sebelum Bencana Dahsyat dan memiliki pengetahuan serta kemahiran, tamadun yang wujud pada hari ini tidak mungkin dapat dicapai dalam masa seratus atau dua ratus tahun. Namun begitu, dengan berlalunya masa dan manusia memperolehi kebijaksanaan, mereka dapat mencapai tahap yang sama dengan tamadun hari ini pada penghujung Milenium.

3. Ganjaran Syurga selepas Hari Penghakiman

Selepas Milenium, Tuhan akan membebaskan seketika Iblis dan roh jahat yang sebelum itu akan dikurung di dalam jurang maut, iaitu jurang yang tidak berdasar (Wahyu 20:1-

3). Walaupun Tuhan Yesus sendiri akan memerintah di bumi ini untuk memimpin orang yang terselamat daripada Bencana Dahsyat dan keturunan mereka kepada penyelamatan abadi, iman mereka adalah tidak benar. Jadi, Tuhan membenarkan Iblis dan roh jahat untuk menggoda mereka.

Ramai manusia badaniah akan tertipu oleh Iblis dan menuju jalan kemusnahan. Jadi mereka yang beriman kepada Tuhan akan menyedari sebab apa Tuhan perlu mewujudkan neraka serta kasih agung Tuhan yang ingin memperolehi anak-anak yang benar melalui pemupukan manusia.

Roh-roh jahat yang telah dibebaskan itu akan dilemparkan semula ke dalam jurang maut, dan Penghakiman Agung Takhta Putih akan berlangsung (Wahyu 20:12). Jadi, bagaimana Penghakiman Agung Takhta Putih akan dilakukan?

Tuhan Mengetuai Penghakiman Takta Putih

Pada bulan Julai tahun 1982, sewaktu saya sedang berdoa untuk pembukaan sebuah gereja, saya mendapat tahu dengan terperinci tentang Penghakiman Agung Takhta Putih. Tuhan mewahyukan kepada saya sebuah senario di mana Tuhan menghakimi semua orang. Di hadapan Takhta Tuhan Bapa, berdiri Tuhan Yesus dan Musa, dan di sekeliling Takhta itu ialah manusia-manusia yang sedang memegang peranan sebagai juri.

Tidak seperti para hakim di dunia ini, Tuhan adalah sempurna dan tidak melakukan kesilapan. Namun begitu, Dia masih menghakimi bersama-sama dengan Yesus Kristus yang berperanan sebagai peguam bela kasih, Musa sebagai pendakwa undang-undang, dan mereka yang lain sebagai ahli-ahli juri.

Wahyu 20:11-15 menerangkan dengan tepat bagaimana Tuhan akan menghakimi.

> *Kemudian aku nampak sebuah takhta besar berwarna putih dan Dia yang duduk di atasnya. Langit dan bumi lari dari hadirat-Nya, sehingga tidak kelihatan lagi. Aku nampak orang yang sudah mati, baik orang besar mahupun orang biasa, semuanya berdiri di hadapan takhta itu. Lalu kitab-kitab pun dibuka dan sebuah kitab lain juga dibuka iaitu Kitab Orang Hidup. Orang yang sudah mati dihakimi menurut perbuatan mereka seperti yang tertulis di dalam kitab-kitab itu. Lalu laut menyerahkan orang mati yang ada di dalamnya. Maut dan alam maut pun menyerahkan orang mati yang di situ. Semua orang mati diadili menurut perbuatan masing-masing. Kemudian maut dan alam maut dibuang ke dalam lautan api. (Lautan api ini kematian tahap kedua) Sesiapa yang namanya tidak tertulis di dalam Kitab Orang Hidup dibuang ke dalam lautan api.*

"Takhta besar berwarna putih" di sini merujuk kepada Takhta Tuhan, yang akan menghakimi. Tuhan, yang duduk di atas takhta yang begitu terang sehingga kelihatan "putih," akan melakukan penghakiman akhir dengan penuh kasih dan keadilan untuk menghantar sekam, dan bukannya gandum, ke neraka.

Sebab inilah ia kadang-kadang dipanggil Penghakiman Agung Takhta Putih. Tuhan akan menghakimi bertepatan dengan "kitab kehidupan" yang merekodkan nama-nama orang yang telah terselamat dan buku-buku lain yang merekodkan perbuatan-perbuatan setiap orang.

Mereka yang Tidak Terselamat akan Jatuh ke Neraka

Di hadapan Takhta Tuhan, bukan sahaja terdapat kitab kehidupan tetapi terdapat buku-buku lain yang merekodkan semua perbuatan setiap orang yang tidak menerima Tuhan Yesus atau tidak mempunyai iman yang benar (Wahyu 20:12).

Dari saat manusia dilahirkan sehingga saat roh mereka dipanggil semula oleh Tuhan, setiap perbuatan direkodkan di dalam buku-buku ini. Sebagai contoh, melakukan perbuatan-perbuatan baik, memaki hamun seseorang, memukul orang, atau memarahi orang lain semuanya direkodkan oleh tangan malaikat-malaikat.

Sama seperti anda boleh merekodkan dan menyimpan perbualan-perbualan atau peristiwa-peristiwa tertentu untuk tempoh yang lama melalui rakaman audio atau video, malaikat-malaikat menulis dan merekodkan setiap keadaan di dalam buku-buku di syurga atas perintah Tuhan yang Maha Kuasa. Oleh itu, Penghakiman Agung Takhta Putih akan berlaku dengan tepat tanpa sebarang kesilapan. Bagaimana pula penghakiman itu akan dilakukan?

Mereka yang tidak terselamat akan dihakimi terlebih dahulu. Mereka ini tidak boleh dihakimi di hadapan Tuhan kerana mereka merupakan orang-orang yang berdosa. Mereka hanya akan dihakimi di Hades (alam maut), tempat menunggu di Neraka. Walaupun mereka tidak menghadap Tuhan, penghakiman akan dilakukan sama tegas seperti ia berlaku di hadapan Tuhan sendiri.

Dalam kalangan orang yang berdosa, Tuhan akan menghakimi terlebih dahulu orang yang melakukan dosa-dosa yang lebih berat. Setelah penghakiman semua orang yang tidak terselamat, mereka semua sama ada akan dimasukkan ke dalam tasik berapi atau tasik belerang berapi dan dihukum selama-lamanya.

Mereka yang Terselamat Menerima Ganjaran di Syurga

Setelah penghakiman orang yang tidak diselamatkan selesai dengan cara begitu, penghakiman ganjaran bagi orang yang terselamat akan menyusuli. Seperti dijanjikan di dalam Wahyu 22:12, *"Dengarlah!" kata Yesus. "Aku akan segera datang! Aku akan membawa ganjaran untuk tiap-tiap orang menurut perbuatannya,"* penempatan dan ganjaran di syurga akan ditentukan dengan sewajarnya.

Penghakiman untuk ganjaran akan berlaku secara aman di hadapan Tuhan kerana ia dilakukan untuk anak-anak Tuhan. Penghakiman untuk ganjaran bermula dengan orang yang mempunyai ganjaran terbesar dan berakhir dengan orang yang mendapat ganjaran terkecil, kemudian anak-anak Tuhan akan mengambil tempat masing-masing.

> *Malam tiada lagi; lampu dan cahaya matahari pun tidak diperlukan, kerana Tuhan TUHAN sendiri akan menerangi mereka. Mereka akan memerintah sebagai raja selama-lamanya* (Wahyu 22:5).

Walaupun terpaksa berhadapan dengan pelbagai dugaan dan

kesukaran di dunia ini, betapa gembiranya anda kerana anda memiliki harapan syurga. Di sana, anda akan tinggal bersama-sama Tuhan selama-lamanya dengan dipenuhi kegembiraan dan keseronokan tetapi tanpa tangisan, kesedihan, kesakitan, penyakit mahupun kematian.

Saya telah menerangkan sedikit tentang Jamuan Perkahwinan Tujuh Tahun dan Milenium di mana anda akan memerintah bersama Yesus Kristus. Apabila waktu-waktu ini – yang merupakan permulaan kepada kehidupan di syurga – sangat menyeronokkan, betapa gembiranya dan lebih seronok kehidupan yang sebenar di syurga? Oleh itu, sehingga Yesus Kristus kembali untuk menjemput anda, anda harus bergegas untuk mengambil tempat anda dan ganjaran-ganjaran yang telah disediakan untuk anda di syurga

Mengapakah nenek moyang iman kita berusaha keras dan begitu menderita untuk mengambil jalan Yesus Kristus yang sempit, dan bukannya jalan mudah duniawi? Mereka berpuasa dan berdoa banyak malam untuk membuang dosa-dosa mereka dan mengabdikan diri sepenuhnya kepada Tuhan kerana mereka mempunyai harapan syurga. Oleh sebab mereka percaya kepada Tuhan yang akan memberikan ganjaran kepada mereka di syurga berdasarkan perbuatan mereka, mereka bersungguh-sungguh berusaha menjadi suci dan setia di semua rumah Tuhan.

Oleh itu, saya berdoa dalam nama Yesus Kristus agar anda bukan sahaja akan mengambil bahagian di dalam Jamuan Perkahwinan Tujuh Tahun dan berada di pangkuan Yesus Kristus, tetapi anda juga berada dekat dengan Takhta Tuhan di syurga dengan berusaha sedaya upaya anda dalam harapan yang sungguh-sungguh untuk syurga.

Bab 4

Rahsia Syurga Disembunyikan Sejak Penciptaan

1. Rahsia Syurga telah Didedahkan sejak Zaman Yesus
2. Rahsia Syurga Didedahkan pada Akhir Zaman
3. Di Rumah BapaKu Banyak Tempat Tinggal

Yesus menjawab,
"Kamu telah diberikan anugerah untuk mengetahui
rahsia tentang bagaimana TUHAN memerintah,
sedangkan mereka tidak.
Seseorang yang mempunyai sesuatu
akan diberikan lebih banyak lagi,
supaya dia beroleh lebih daripada cukup.
Tetapi seseorang yang tidak mempunyai apa-apa,
sedikit yang ada padanya akan diambil juga.
Itulah sebabnya Aku menggunakan perumpamaan
ketika berkata-kata kepada orang ramai,
kerana mereka melihat tetapi tidak nampak
dan mereka mendengar tetapi tidak mengerti."

Demikianlah Yesus mengajar orang ramai
perkara-perkara ini dengan menggunakan perumpamaan.
Dia tidak berkata apa-apa
tanpa menggunakan perumpamaan.
Yesus berbuat demikian supaya berlakulah
apa yang dikatakan oleh nabi,
"Aku akan menggunakan perumpamaan
apabila bertutur dengan mereka;
Aku akan memberitahu mereka perkara-perkara
yang tersembunyi sejak dunia diciptakan."

- Matius 13:11-13, 34-35 -

Suatu hari, apabila Yesus duduk di tepi pantai, ramai orang berkumpul. Yesus memberitahu mereka banyak perkara dalam bentuk perumpamaan. Pengikut-pengikut Yesus bertanya, *"Mengapa Guru menggunakan perumpamaan ketika berkata-kata kepada orang ramai?"* Jawab Yesus:

Kamu telah diberikan anugerah untuk mengetahui rahsia tentang bagaimana TUHAN memerintah, sedangkan mereka tidak. Seseorang yang mempunyai sesuatu akan diberikan lebih banyak lagi, supaya dia beroleh lebih daripada cukup. Tetapi seseorang yang tidak mempunyai apa-apa, sedikit yang ada padanya akan diambil juga. Itulah sebabnya Aku menggunakan perumpamaan ketika berkata-kata kepada orang ramai, kerana mereka melihat tetapi tidak nampak dan mereka mendengar tetapi tidak mengerti. Dengan perbuatan mereka itu berlakulah nubuat Nabi Yesaya, 'TUHAN berfirman: Mereka akan mendengar dan mendengar, tetapi tidak faham; mereka akan melihat dan melihat, tetapi tidak nampak, kerana seolah-olah fikiran mereka tumpul; telinga pekak, dan mata buta. Jika mereka tidak demikian, tentu mata mereka akan melihat, telinga akan mendengar, dan fikiran boleh mengerti, sehingga mereka kembali kepada-Ku, dan Aku pun akan menyembuhkan mereka.' Tetapi kamu sangat bertuah! Mata kamu melihat dan telinga kamu mendengar. Ketahuilah! Banyak nabi dan orang

> *yang melakukan kehendak TUHAN ingin melihat apa yang kamu lihat sekarang ini, tetapi tidak dapat melihatnya. Mereka ingin mendengar apa yang kamu dengar tetapi tidak dapat mendengarnya* (Matius 13:11-17).

Seperti yang dikatakan oleh Yesus, ramai nabi dan orang yang benar tidak dapat melihat atau mendengar rahsia kerajaan syurga walaupun mereka mahu melihat dan mendengarnya.

Namun begitu, disebabkan Yesus yang merupakan Tuhan sendiri, telah datang ke dunia (Filipi 2:6-8), rahsia syurga dapat didedahkan kepada para pengikut-Nya.

Seperti yang ditulis Matius 13:35, *"Yesus berbuat demikian supaya berlakulah apa yang dikatakan oleh nabi, 'Aku akan menggunakan perumpamaan apabila bertutur dengan mereka; Aku akan memberitahu mereka perkara-perkara yang tersembunyi sejak dunia diciptakan,'"* Yesus berkata-kata dalam perumpamaan untuk memenuhi apa yang ditulis dalam Alkitab.

1. Rahsia Syurga telah Didedahkan sejak Zaman Yesus

Dalam Matius 13, terdapat banyak perumpamaan tentang syurga. Hal ini demikian kerana tanpa perumpamaan, anda tidak akan dapat memahami dan menyedari rahsia syurga walaupun anda membaca Alkitab berulang kali.

Apabila TUHAN memerintah, keadaannya seperti seorang yang menabur benih yang baik di ladangnya (ayat 24).

Apabila TUHAN memerintah, keadaannya seperti sebutir biji sawi yang diambil oleh seseorang, lalu ditanam di ladang. Biji sawi adalah benih yang terkecil, tetapi apabila tumbuh, menjadi lebih besar daripada segala tanaman. Tanaman itu menjadi pokok, sehingga burung datang membuat sarang pada cabangnya (ayat 31-32).

Apabila TUHAN memerintah, keadaannya seperti ini. Seorang wanita mengambil sedikit ragi, lalu mencampurnya dengan empat puluh liter tepung sehingga adunan itu naik (ayat 33).

Apabila TUHAN memerintah, keadaannya seperti ini. Seseorang menjumpai harta yang terpendam di tanah, lalu dia memendamnya semula. Kemudian dnegan penuh sukacita dia pergi menjual segala miliknya, lalu kembali dan membeli tanah itu (ayat 44).

Apabila TUHAN memerintah, keadaannya seperti ini. Seorang saudagar mencari mutiara yang sangat berharga. Apabila dia menemui sebutir mutiara yang sangat berharga, dia menjual segala miliknya, lalu membeli mutiara itu (ayat 45-46).

Syurga I

> *Apabila TUHAN memerintah, keadaannya seperti pukat yang dilabuhkan ke dalam tasik lalu mendapat bermacam-macam ikan. Apabila pukat itu sudah penuh, nelayan menariknya ke darat. Lalu mereka duduk dan memisahkan ikan-ikan itu: yang baik disimpan di dalam bekas dan yang tidak baik dibuang* (ayat 47-48).

Begitulah Yesus mengajar tentang syurga, yang berada dalam dunia roh, melalui banyak perumpamaan. Oleh sebab syurga terletak dalam dunia roh yang ghaib, anda hanya dapat memahaminya melalui perumpamaan.

Untuk mendapatkan kehidupan abadi di syurga, anda perlu menjalani kehidupan beriman yang sewajarnya dan tahu cara untuk mendapatkan syurga, apa jenis orang yang akan masuk ke sana, dan bila hal itu akan dipenuhi.

Apakah matlamat utama pergi ke gereja dan menjalani kehidupan yang beriman? Kita mahu diselamatkan dan masuk ke syurga. Namun begitu, kalau anda tidak dapat masuk ke syurga walaupun anda pergi ke gereja untuk jangka masa yang lama, bukankah hal ini sesuatu yang menyedihkan?

Walaupun pada zaman Yesus, ramai orang mematuhi hukum dan menyatakan kepercayaan mereka kepada Tuhan, tetapi tidak layak untuk diselamatkan dan masuk ke syurga. Dalam Matius 3:2, atas sebab ini, Yohanes Pembaptis menyatakan, *"Bertaubatlah daripada dosa kamu, kerana tidak lama lagi TUHAN akan memerintah!"* dan menyediakan jalan untuk Yesus Kristus. Dalam Matius 3:11-12, dia memberitahu orang ramai bahawa Yesus adalah Penyelamat dan Tuhan Penghakiman

Agung, dan berkata, *"Aku membaptis kamu dengan air untuk menyatakan bahawa kamu sudah bertaubat daripada dosa. Tetapi Dia yang datang kemudian daripada aku akan membaptis kamu dengan Roh TUHAN dan api. Dia lebih besar daripada aku, sehingga menjinjing kasut-Nya pun aku tidak layak. Tangan-Nya memegang nyiru untuk menampi. Dia akan mengumpulkan gandum yang bersih di dalam jelapang, tetapi Dia akan membakar sekam di dalam api yang tidak dapat padam."*

Namun demikian, orang Israel pada masa itu bukan hanya gagal mengenali-Nya sebagai Penyelamat mereka, malah menyalib-Nya. Betapa sedihnya melihat mereka yang masih menunggu Mesias sehingga hari ini!

Rahsia Syurga Didedahkan kepada Rasul Paulus

Walaupun rasul Paulus bukan merupakan salah seorang daripada 12 orang pengikut Yesus, dia tidak ketinggalan dari segi memberi kesaksian tentang Yesus Kristus. Sebelum Paulus bertemu Yesus, dia merupakan seorang Farisi yang mengamalkan hukum dan tradisi pemimpin, dan seorang Yahudi yang mempunyai kerakyatan Rom sejak lahir, dan terlibat dalam menyeksa orang Kristian pada awalnya.

Namun demikian, setelah bertemu Yesus Kristus dalam perjalanan ke Damaskus, Paulus berubah fikiran dan memimpin ramai orang ke jalan penyelamatan dengan memberi fokus kepada penginjilan kaum bukan Yahudi.

Tuhan tahu bahawa Paulus akan menderita kesakitan dan penyeksaan apabila menyebarkan injil. Itulah sebabnya Dia mendedahkan rahsia agung syurga kepada Paulus supaya dia akan berlari mengejar matlamat ini (Filipi 3:12-14). Tuhan membenarkan dia menyebarkan injil dengan penuh gembira, dengan harapan untuk mendapatkan syurga.

Jika anda membaca Surat-surat Paulus anda dapat lihat bahawa dia menulis dengan dipenuhi Roh Kudus tentang kedatangan semula Yesus Kristus, orang beriman yang terangkat ke angkasa, tempat tinggal mereka di syurga, keagungan syurga, ganjaran abadi dan mahkota, Melkisedek imam abadi, dan Yesus Kristus.

Dalam 2 Korintus 12:1-4, Paulus berkongsi perjalanan rohaninya di gereja Korintus yang diasaskannya, yang hidup dengan tidak berpandukan firman Tuhan.

Aku harus berbangga meskipun hal itu tidak berfaedah. Tetapi sekarang aku mahu bercakap tentang penglihatan dan wahyu yang aku terima daripada Tuhan. Aku kenal akan seorang Kristian yang empat belas tahun yang lalu diangkat ke syurga yang tertinggi. (Aku tidak tahu sama ada hal ini benar-benar berlaku atau hanya suatu penglihatan – TUHAN sahaja yang tahu). Aku berkata sekali lagi, aku tahu bahawa orang itu diangkat ke Firdaus. (Aku tidak tahu sama ada hal ini benar-benar berlaku atau hanya suatu penglihatan – TUHAN sahaja yang tahu). Di situ dia mendengar perkara-perkara yang tidak boleh dan tidak dapat diungkapkan.

Tuhan memilih rasul Paulus untuk menginjili kaum bukan Yahudi, memurnikannya dengan api, dan memberikannya penglihatan dan wahyu. Tuhan membenarkan dia mengatasi semua kesusahan dengan kasih, iman dan harapan untuk syurga. Sebagai contoh, Paulus mengakui bahawa dia telah dibawa ke Firdaus di Langit Ketiga dan mendengar rahsia syurga 14 tahun sebelum itu, tetapi rahsia ini amat menakjubkan sehinggakan manusia tidak dibenarkan untuk mendedahkannya.

Rasul ialah orang yang dipanggil oleh Tuhan dan mematuhi kehendak-Nya dengan sepenuhnya. Namun demikian, adalah beberapa orang dalam kalangan anggota gereja Korintus yang terpedaya dengan guru-guru palsu dan menghakimi rasul Paulus.

Pada masa ini, rasul Paulus menerangkan kesusahan yang dihadapinya untuk Yesus Kristus dan berkongsi pengalaman rohaninya untuk memimpin jemaat Korintus menjadi pengantin perempuan yang cantik untuk Yesus Kristus, dan bertindak mengikut firman Tuhan. Hal ini bukanlah untuk membanggakan pengalaman rohaninya, tetapi untuk membina dan membangunkan gereja Kristus dengan mempertahankan dan mengesahkan kerasulannya.

Apa yang anda perlu sedar di sini adalah bahawa penglihatan dan wahyu Yesus Kristus hanya boleh diberikan kepada orang yang baik di mata Tuhan. Tidak seperti anggota gereja Korintus yang diperdaya oleh guru palsu yang menghakimi Paulus, anda tidak boleh menghakimi sesiapapun yang bekerja untuk mengembangkan kerajaan Tuhan, menyelamatkan ramai orang dan diakui oleh Tuhan.

Rahsia Syurga Didedahkan kepada Rasul Yohanes

Rasul Yohanes merupakan seorang daripada 12 rasul dan amat dikasihi oleh Yesus. Yesus sendiri bukan sahaja memanggilnya "murid" malah memimpinnya secara rohani supaya dia dapat berkhidmat kepada gurunya pada jarak dekat. Dia seorang yang panas baran dan dahulunya digelar "anak petir," tetapi dia menjadi rasul kasih selepas diubah dengan kuasa Tuhan. Yohanes mengikut Yesus, dan mencari keagungan di syurga. Dia merupakan satu-satunya murid yang mendengar tujuh kata-kata terakhir yang dilafazkan oleh Yesus di atas salib. Dia menjalankan tugas sebagai rasul dengan setia, dan menjadi lelaki yang disanjungi di syurga.

Akibat penganiayaan kepada orang Kristian yang dijalankan oleh Empayar Rom, Yohanes telah dihumbankan ke dalam minyak menggelegak, tetapi tidak mati, lalu dia dihantar ke pulau Patmos. Di sana, dia berkomunikasi dengan Tuhan secara mendalam dan menulis Buku Wahyu yang dipenuhi rahsia kerajaan syurga.

Yohanes menulis banyak perkara rohani seperti Takhta Tuhan dan Anak Domba di syurga, beribadat di syurga, empat makhluk hidup di sekeliling Takhta Tuhan, Bencana Dahsyat Tujuh Tahun dan peranan malaikat, Jamuan Perkahwinan Domba dan Milenium, Penghakiman Agung Takhta Putih, neraka, Yerusalem Baru di syurga, dan jurang yang tiada penghujung, iaitu Jurang Maut.

Itulah sebabnya rasul Yohanes berkata dalam Wahyu 1:1-3 bahawa Buku ini ditulis melalui wahyu dan penglihatan Yesus,

Kristus dan dia menulis semuanya kerana segala-gala yang ditulis akan berlaku tidak lama lagi.

> *Inilah wahyu Yesus Kristus, yang dikaruniakan TUHAN kepada-Nya, supaya ditunjukkan-Nya kepada hamba-hamba-Nya apa yang harus segera terjadi. Dan oleh malaikat-Nya yang diutus-Nya, Ia telah menyatakannya kepada hamba-Nya Yohanes. Yohanes telah bersaksi tentang firman TUHAN dan tentang kesaksian yang diberikan oleh Yesus Kristus, yaitu segala sesuatu yang telah dilihatnya. Berbahagialah ia yang membacakan dan mereka yang mendengarkan kata-kata nubuat ini, dan yang menuruti apa yang ada tertulis di dalamnya, sebab waktunya sudah dekat.*

Frasa "waktunya sudah dekat" menunjukkan bahawa waktu kembalinya Yesus Kristus sudah hampir tiba. Oleh itu, adalah penting bagi kita untuk mempunyai kelayakan untuk masuk ke syurga, iaitu diselamatkan dengan iman.

Walaupun anda pergi ke gereja setiap minggu, anda tidak akan diselamatkan melainkan anda mempunyai iman yang disertai dengan perbuatan. Yesus berkata, *"Tidak semua orang yang memanggil Aku, 'Ya Tuhan, ya Tuhan,' akan menikmati Pemerintahan TUHAN, tetapi hanya orang yang melakukan kehendak Bapa-Ku yang di syurga"* (Matius 7:21). Jadi jika anda tidak bertindak berdasarkan firman Tuhan, jelas sekali anda tidak akan dapat masuk ke syurga.

Oleh itu, rasul Yohanes menerangkan kejadian dan nubuat

yang akan berlaku dan dipenuhi tidak lama lagi secara terperinci bermula dari Wahyu 4, dan menyimpulkan bahawa Yesus Kristus akan kembali dan anda perlu mencuci jubah anda.

> *"Dengarlah!" kata Yesus. "Aku akan segera datang! Aku akan membawa ganjaran untuk tiap-tiap orang menurut perbuatannya. Akulah yang pertama dan yang terakhir, yang awal dan yang penghujung; Akulah Tuhan dari permulaan sampai penghabisan." Berbahagialah orang yang mencuci jubah mereka sehingga bersih. Mereka berhak makan buah pokok sumber kehidupan dan masuk ke dalam kota melalui pintu gerbang* (Wahyu 22:12-14).

Secara rohani, jubah bermakna hati dan perbuatan seseorang. Mencuci jubah bererti bertaubat atas dosa dan cuba hidup berdasarkan kehendak Tuhan.

Jadi sejauh mana anda hidup berdasarkan firman Tuhan, anda akan melepasi pintu gerbang dan masuk ke syurga yang paling indah, Yerusalem Baru.

Oleh itu, anda patut sedar bahawa lebih banyak iman anda bertumbuh, akan lebih baik tempat tinggal anda di syurga.

2. Rahsia Syurga Didedahkan pada Akhir Zaman

Mari kita pelajari tentang rahsia syurga yang telah didedahkan dan akan berlaku pada akhir zaman melalui perumpamaan Yesus dalam Matius 13.

Dia Akan Mengasingkan yang Jahat daripada yang Benar

Dalam Matius 13:47-50, Yesus menyatakan bahawa kerajaan syurga adalah seperti pukat yang ditebar di tasik dan menangkap pelbagai jenis ikan. Apakah makna hal ini?

> *Apabila TUHAN memerintah, keadaannya seperti pukat yang dilabuhkan ke dalam tasik lalu mendapat bermacam-macam ikan. Apabila pukat itu sudah penuh, nelayan-nelayan menariknya ke darat. Lalu mereka duduk dan memisahkan ikan-ikan itu: yang baik disimpan di dalam bekas dan yang tidak baik dibuang. Demikianlah halnya pada Hari Kiamat. Malaikat-malaikat akan datang untuk mengumpulkan orang jahat antara orang yang melakukan kehendak TUHAN. Lalu orang jahat akan dibuang ke dalam tempat pembakaran yang berapi. Di sana mereka akan menangis dan menderita.*

"Tasik" di sini merujuk kepada dunia, "ikan" ialah semua orang yang percaya, dan nelayan yang melabuhkan pukat ke dalam tasik dan menangkap ikan ialah "Lakukan," "Jangan Lakukan," "Amalkan," dan "Singkirkan." Jadi, apakah maksud Tuhan melabuhkan pukat, menariknya apabila telah penuh, dan mengumpulkan ikan yang baik di dalam bakul dan membuang ikan yang tidak baik? Hal ini adalah untuk memberitahu anda bahawa pada Hari Kiamat, malaikat akan datang dan mengumpulkan orang yang benar di syurga dan melemparkan orang yang jahat ke neraka.

Hari ini, ramai orang berfikir bahawa mereka pasti akan masuk ke syurga jika mereka menerima Yesus Kristus. Namun begitu, Yesus dengan jelas menyatakan, *"Malaikat-malaikat akan datang memisahkan orang jahat dari orang benar, lalu mencampakkan orang jahat ke dalam dapur api"* (Matius 13:49-50) (petikan daripada Alkitab terjemahan bahasa Indonesia). "Orang yang benar" di sini merujuk kepada orang yang dipanggil "benar" dengan mempercayai Yesus Kristus dalam hati mereka dan memperlihatkan kepercayaan mereka melalui perbuatan. Anda dianggap "benar" bukan kerana anda mengetahui firman Tuhan, tetapi hanya kerana anda mematuhi perintah-Nya dan bertindak menurut kehendak-Nya (Matius 7:21).

Dalam Alkitab, ada perkara yang anda perlu "Lakukan," "Jangan Lakukan," "Amalkan," dan "Singkirkan." Hanya orang yang hidup berdasarkan firman "Lakukan," "Jangan Lakukan," "Amalkan," dan "Singkirkan" dianggap "benar" dan mempunyai iman rohani yang hidup. Ada orang yang secara umumnya dianggap benar, tetapi mereka boleh dikategorikan sebagai "benar" pada pandangan mata manusia atau "benar" di mata "Lakukan," "Jangan Lakukan," "Amalkan," dan "Singkirkan." Oleh itu, anda perlu tahu membezakan antara kebenaran manusia dan "Lakukan," "Jangan Lakukan," "Amalkan," dan "Singkirkan", dan menjadi manusia yang benar di mata Tuhan.

Contohnya, jika seorang manusia yang menganggap dirinya benar mencuri, siapa yang akan menerimanya sebagai manusia yang benar? Jika orang yang memanggil diri mereka "anak "Lakukan," "Jangan Lakukan," "Amalkan," dan "Singkirkan"," terus melakukan dosa dan tidak hidup berdasarkan firman "Lakukan," "Jangan Lakukan," "Amalkan," dan "Singkirkan", mereka tidak boleh dianggap "benar." Orang seperti ini adalah orang jahat di kalangan orang yang "benar."

Setiap Ciri Mengagumkan Tubuh Syurgawi

Jika anda menerima Yesus Kristus dan hidup hanya berdasarkan firman "Lakukan," "Jangan Lakukan," "Amalkan," dan "Singkirkan", anda akan bersinar seperti matahari di syurga. Rasul Paulus menulis tentang rahsia syurga secara terperinci dalam 1 Korintus 15:40-41.

> *Ada tubuh sorgawi dan ada tubuh duniawi, tetapi kemuliaan tubuh sorgawi lain dari pada kemuliaan tubuh duniawi. Kemuliaan matahari lain daripada kemuliaan bulan, dan kemuliaan bulan lain dari pada bintang-bintang, dan kemuliaan bintang yang satu berbeda dengan kemuliaan bintang yang lain* (petikan daripada Alkitab terjemahan bahasa Indonesia).

Memandangkan kita akan masuk ke syurga hanya dengan iman, berpadananlah bahawa kemuliaan syurga akan berbeza menurut ukuran iman seseorang. Itulah sebabnya ada kemuliaan matahari, bulan, bintang; malah antara bintang-bintang, ukuran sinarannya pun berbeza.

Syurga I

Mari kita lihat satu lagi rahsia syurga melalui perumpamaan biji sawi dalam Matius 13:31-32.

> *Yesus menceritakan sebuah perumpamaan lain kepada mereka, "Apabila TUHAN memerintah, keadaannya seperti sebutir biji sawi yang diambil oleh seseorang, lalu ditanam di ladang. Biji sawi adalah benih yang terkecil, tetapi apabila tumbuh, menjadi lebih besar daripada segala tanaman. Tanaman itu menjadi pokok, sehingga burung datang membuat sarang pada cabangnya."*

Sebiji benih sawi adalah sekecil satu titik noktah pen. Biji kecil ini mampu bertumbuh menjadi pokok yang besar, jadi burung di udara akan datang dan bertenggek. Jadi, apakah yang mahu diajar oleh Yesus kepada kita melalui perumpamaan biji sawi ini? Pengajaran yang didapati daripadanya adalah bahawa syurga dimiliki dengan iman, dan ada pelbagai ukuran iman. Walaupun sekarang anda memiliki iman yang "kecil", anda boleh memeliharanya menjadi iman yang "besar."

Walaupun Iman Sekecil Biji Sawi

Yesus berkata di dalam Matius 17:20, *"Kamu tidak dapat melakukannya, kerana kamu kurang percaya kepada TUHAN. Ketahuilah! Jika kamu mempunyai iman sebesar biji sawi, kamu dapat berkata kepada bukit ini, 'Beralihlah ke sana!' dan bukit ini akan beralih. Kamu dapat melakukan apa sahaja!"* Sebagai maklum balas kepada permintaan para rasul-

Nya, "Tuhan, teguhkanlah iman kami" Yesus menjawab, *"Jika kamu mempunyai iman sebesar biji sawi, kamu dapat berkata kepada pokok ara ini, 'Tercabutlah dan tertanamlah di laut.' Pasti pokok itu akan menurut perintah kamu"* (Lukas 17:5-6).

Jadi apakah makna rohani ayat-ayat ini? Ia bermakna, jika iman yang sekecil biji sawi dapat bertumbuh dan menjadi iman yang besar, tidak ada hal yang mustahil. Apabila seseorang menerima Yesus Kristus, iman sekecil biji sawi diberikan kepadanya. Apabila dia menanam biji ini dalam hatinya, ia akan bercambah. Apabila ia bertumbuh menjadi iman sebesar pokok di mana banyak burung akan datang dan hinggap, kita akan mengalami pekerjaan dengan kuasa Tuhan yang dilakukan oleh Yesus seperti mencelikkan orang buta, orang pekak dapat mendengar, orang bisu dapat bercakap, dan orang yang mati dihidupkan semula.

Jika anda berfikir bahawa anda mempunyai iman, tetapi tidak dapat menunjukkan pekerjaan dengan kuasa Tuhan dan masih mempunyai masalah dalam keluarga atau perniagaan, hal ini adalah kerana iman anda adalah sekecil biji sawi dan masih belum bertumbuh menjadi pokok besar.

Proses Pertumbuhan Iman Rohani

Dalam 1 Yohanes 2:12-14, rasul Yohanes secara ringkas menerangkan tentang pertumbuhan iman rohani.

> *"Anak-anakku, aku menulis kepada kamu, kerana dosa kamu sudah diampunkan demi Kristus. Bapa-bapa, aku menulis kepada kamu, kerana kamu kenal*

> *akan Dia yang telah ada sejak permulaan. Aku menulis kepada kamu, orang muda, kerana kamu sudah mengalahkan Iblis. Anak-anakku, aku menulis kepada kamu kerana kamu kenal akan TUHAN Bapa. Aku menulis kepada kamu, bapa-bapa, kerana kamu kenal akan Dia yang telah ada sejak permulaan. Aku menulis kepada kamu, orang muda, kerana kamu teguh hati. Kamu menyimpan firman TUHAN di dalam hati, dan kamu sudah mengalahkan Iblis."*

Anda perlu sedar bahawa terdapat proses dalam pertumbuhan iman. Anda perlu meningkatkan iman anda dan mempunyai iman bapa di mana anda dapat mengenali Tuhan yang telah wujud sejak sebelum permulaan masa. Anda tidak boleh berpuas hati dengan tahap iman kanak-kanak yang mana dosanya diampuni kerana Yesus Kristus.

Yesus juga menyatakan dalam Matius 13:33, *"Apabila TUHAN memerintah, keadaannya seperti ini. Seorang wanita mengambil sedikit ragi, lalu mencampurkannya dengan empat puluh liter tepung sehingga adunan itu naik."*

Oleh itu, anda perlu faham bahawa pertumbuhan iman yang sekecil biji sawi menjadi iman yang besar dapat dicapai dengan cepat seperti ragi yang mengembangkan adunan. 1 Korintus 12:9 menyatakan, iman adalah kurnia rohani yang diberikan kepada anda oleh Tuhan.

Syurga untuk Dibeli dengan Semua yang Anda Miliki

Anda memerlukan usaha untuk memiliki syurga kerana

syurga hanya dapat dimiliki dengan iman dan terdapat proses bagi pertumbuhan iman. Di dunia ini pun, anda perlu bekerja kuat untuk mendapatkan harta dan kemasyhuran, apatah lagi mengumpulkan wang untuk membeli rumah contohnya. Anda mencuba sedaya-upaya untuk membeli dan mengekalkan semua ini, walaupun tiada satupun yang dapat disimpan untuk selama-lamanya. Jadi berapa banyak lagi usaha yang anda perlukan untuk cuba mendapatkan keagungan dan tempat tinggal di syurga yang akan anda miliki selama-lamanya?

Yesus menyatakan dalam Matius 13:44, *"Apabila TUHAN memerintah, keadaannya seperti ini. Seseorang menjumpai harta yang terpendam di tanah, lalu dia memendamnya semula. Kemudian dengan penuh sukacita dia pergi menjual segala miliknya, lalu kembali dan membeli tanah itu."* Dia meneruskan dalam Matius 13:45-46, *"Apabila TUHAN memerintah, keadaannya seperti ini. Seorang saudagar mencari mutiara yang sangat berharga. Apabila dia menemui sebutir mutiara yang sangat berharga, dia menjual segala miliknya, lalu membeli mutiara itu."*

Jadi, apakah rahsia syurga yang didedahkan melalui perumpamaan harta yang tersembunyi di tanah dan mutiara yang berharga? Yesus lazimnya menggunakan perumpamaan dengan objek yang mudah didapati dalam kehidupan seharian. Mari kita lihat perumpamaan "harta yang tersembunyi di tanah."

Ada seorang petani miskin yang hidupnya kais pagi makan pagi, kais petang makan petang. Suatu hari, dia pergi bekerja atas permintaan jirannya. Petani diberitahu bahawa tanah itu tandus kerana ia tidak digunakan buat jangka masa yang lama, tetapi jirannya mahu menanam pokok buah-buahan kerana tidak membazirkan tanah itu. Petani itu bersetuju untuk melakukan kerja itu. Suatu hari, dia membersihkan tanah dan cangkulnya terkena benda keras. Dia terus menggali dan menjumpai banyak harta yang tertanam. Petani yang menjumpai harta mula memikirkan cara untuk memiliki harta itu. Dia mengambil keputusan untuk membeli tanah di mana harta tersimpan dan memandangkan tanah itu tandus dan hampir tidak dapat digunakan, petani berfikir pemilik tanah akan setuju menjualnya tanpa banyak soal.

Petani itu pulang ke rumahnya, mengumpulkan semua harta yang dimilikinya, dan menjual kesemua barangan miliknya. Namun begitu, dia tidak kesal menjual semua barangan itu kerana dia telah menemui suatu harta, yang bernilai lebih tinggi daripada semua harta yang dimilikinya.

Perumpamaan Harta yang Tersembunyi di Tanah

Apakah yang anda perlu sedar melalui perumpamaan harta yang tersembunyi di tanah? Saya harap anda faham rahsia syurga dengan melihat makna rohani perumpamaan harta yang tersembunyi di tanah dalam empat aspek.

Pertama, ladang bermakna hati anda dan harta bermakna syurga. Ia membayangkan bahawa syurga, seperti harta, tersembunyi dalam hati anda.

Tuhan menciptakan manusia dengan roh, jiwa dan tubuh. Roh diciptakan sebagai tuan kepada manusia untuk berkomunikasi dengan Tuhan. Jiwa dijadikan untuk patuh kepada arahan roh, dan tubuh dijadikan tempat tinggal bagi roh dan jiwa. Oleh itu, manusia dahulunya adalah roh yang hidup, menurut Kejadian 2:7.

Sejak Adam manusia pertama melakukan dosa ketidakpatuhan, roh, iaitu tuan manusia, mati, dan jiwa mula memainkan peranan sebagai tuan. Selepas itu manusia mula melakukan lebih banyak dosa dan terpaksa menuju jalan maut kerana mereka tidak lagi dapat berkomunikasi dengan Tuhan. Mereka kini merupakan manusia jiwa, yang berada di bawah kawalan musuh iaitu Iblis dan roh jahat.

Atas sebab itu, Tuhan yang Maha Pengasih mengutus satu-satunya Anak-Nya, Yesus, ke dunia dan membenarkan-Nya disalib dan menumpahkan darah sebagai korban penebusan untuk menghapuskan dosa manusia. Disebabkan hal ini, jalan penyelamatan telah terbuka untuk anda menjadi anak Tuhan yang Maha Suci dan berkomunikasi dengan-Nya semula.

Oleh itu, sesiapa yang menerima Yesus Kristus sebagai Penyelamat peribadinya akan menerima Roh Kudus, dan rohnya akan dibangkitkan semula. Dia juga akan menerima hak untuk menjadi anak Tuhan dan sukacita akan memenuhi hatinya.

Hal ini bermakna roh datang untuk berkomunikasi dengan Tuhan dan mengawal jiwa dan tubuh sekali lagi sebagai tuan kepada manusia. Hal ini juga bermakna dia mula takut akan Tuhan dan mematuhi firman-Nya, dan menjalankan tugas yang ditetapkan untuk manusia.

Oleh itu, kebangkitan roh adalah sama seperti menemui harta yang tersembunyi di tanah. Syurga adalah seperti harta yang tersembunyi di tanah kerana sekarang syurga wujud dalam hati anda.

Kedua, manusia yang menemui harta yang tersembunyi di tanah dan bersukacita menunjukkan bahawa jika seseorang menerima Yesus Kristus dan Roh Kudus, roh yang mati akan dibangkitkan, dan dia akan menyedari bahawa di dalam hatinya ada syurga dan sukacita.

Yesus menyatakan dalam Matius 11:12, *"Sejak Yohanes Pembaptis mengkhabarkan beritanya sehingga saat ini, Pemerintahan TUHAN telah dilawan oleh orang ganas yang berusaha menguasainya dengan kekerasan."* Rasul Yohanes juga menulis dalam Wahyu 22:14, *"Berbahagialah orang yang mencuci jubah mereka sehingga bersih. Mereka berhak makan buah pokok sumber kehidupan dan masuk ke dalam kota melalui pintu gerbang."*

Apa yang anda dapat pelajari daripada hal ini adalah bahawa bukan semua orang yang menerima Yesus Kristus akan pergi ke tempat tinggal yang sama di kerajaan syurga. Sejauh mana anda menyerupai Yesus dan menjadi benar, anda akan mewarisi tempat tinggal yang lebih indah di dalam syurga.

Oleh itu, orang yang mengasihi Tuhan dan berharap untuk mendapatkan syurga akan membuat perkara yang bersesuaian dengan firman Tuhan dalam segala-galanya dan menyerupai Yesus Kristus dengan menyingkirkan semua kejahatan mereka.

Anda memiliki kerajaan syurga, sebanyak mana anda memenuhkan hati dengan syurga, di mana di sana hanya ada kebaikan dan kebenaran. Di dunia ini pun, apabila anda sedar bahawa syurga berada dalam hati, anda akan bersukacita.

Inilah jenis sukacita yang anda alami apabila anda bertemu Yesus Kristus buat kali pertama. Jika seseorang perlu melalui jalan maut tetapi mendapat kehidupan sebenar dan syurga abadi melalui Yesus Kristus, betapa bersukacitanya dia! Dia juga akan rasa bersyukur kerana dia dapat mempercayai kerajaan syurga dalam hatinya. Dengan cara ini, kegembiraan manusia yang bersukacita kerana menjumpai harta yang tersembunyi di tanah mewakili kegembiraan menerima Yesus Kristus dan mempunyai kerajaan syurga dalam hatinya.

Ketiga, menyembunyikan harta itu semula selepas menjumpainya melambangkan roh seseorang yang telah mati sudah dibangkitkan dan dia mahu hidup berdasarkan kehendak Tuhan tetapi dia tidak dapat melakukan keazamannya kerana dia belum menerima kuasa untuk hidup berdasarkan firman Tuhan.

Petani itu tidak dapat menggali harta itu serta-merta apabila dia menjumpainya. Mula-mula dia perlu menjual harta-bendanya untuk membeli tanah itu. Dengan cara yang sama, anda tahu bahawa syurga dan neraka wujud, dan cara untuk masuk ke syurga adalah dengan menerima Yesus Kristus, tetapi anda tidak dapat menunjukkan tindakan dengan serta-merta apabila anda mula mendengar firman Tuhan.

Oleh sebab anda telah menjalani hidup yang tidak benar yang mengingkari firman Tuhan sebelum anda menerima Yesus Kristus, masih ada banyak dusta dalam hati anda. Namun, jika anda tidak menyingkirkan semua dusta dalam hati anda semasa mengakui iman kepada Tuhan, Iblis akan memimpin anda ke arah kegelapan supaya anda tidak dapat hidup berpandukan firman Tuhan. Seperti petani yang membeli tanah selepas menjual semua hartanya, anda akan mendapat harta dalam hati hanya selepas anda membuang fikiran dusta dan mempunyai hati kebenaran seperti yang Tuhan mahukan.

Oleh itu, anda perlu mengikuti kebenaran, yang merupakan firman Tuhan, dengan bergantung kepada Tuhan dan berdoa dengan tekun. Hanya dengan cara itu dusta akan disingkirkan dan anda akan menerima kuasa untuk bertindak dan hidup berdasarkan firman Tuhan. Anda perlu ingat bahawa syurga hanya untuk manusia jenis ini.

Keempat, menjual semua harta yang ada menunjukkan bahawa untuk roh yang mati dibangkitkan dan menjadi tuan kepada manusia, anda perlu menyingkirkan semua dusta yang dimiliki oleh jiwa.

Apabila roh yang mati dibangkitkan, anda akan sedar bahawa syurga itu wujud. Anda perlu memiliki syurga dengan menyingkirkan semua fikiran dusta, yang dimiliki jiwa dan dikuasai oleh Iblis, dan dengan mempunyai iman yang disertai perbuatan. Prinsip ini adalah sama seperti anak ayam yang perlu memecahkan kulit telur untuk keluar ke dunia.

Oleh itu, anda perlu menyingkirkan semua perbuatan dan keinginan badaniah untuk benar-benar memiliki syurga. Tambahan lagi, anda perlu menjadi orang yang mempunyai roh sepenuhnya yang menyerupai sifat suci Yesus, dengan sepenuhnya (1 Tesalonika 5:23).

Perbuatan badaniah melambangkan kejahatan dalam hati yang menyebabkan tindakan berlaku. Keinginan badaniah merujuk kepada semua sifat dosa yang boleh menyebabkan perbuatan pada bila-bila masa, walaupun ia masih belum menjadi perbuatan. Contohnya, jika anda mempunyai kebencian dalam hati, ia merupakan keinginan badaniah, dan jika kebencian ini menyebabkan perbuatan memukul seseorang, ini dinamakan perbuatan badaniah..

Galatia 5:19-21 menyatakan dengan jelas, *"Perbuatan daging telah nyata, iaitu: pencabulan, kecemaran, hawa nafsu, penyembahan berhala, sihir, perseteruan, perselisihan, iri hati, amarah, kepentingan diri sendiri, percideraan, roh pemecah, kedengkian, kemabukan, pesta pora dan sebagainya. Terhadap semuanya itu kuperingatkan kamu – seperti yang telah kubuat dahulu – bahawa barangsiapa melakukan hal-hal yang demikian, dia tidak akan mendapat bagian dalam Kerajaan TUHAN"* (petikan daripada Alkitab terjemahan bahasa Indonesia).

Roma 13:13-14 juga menyatakan, *"Kita harus berkelakuan baik seperti orang yang hidup dalam terang dan bukan dalam kegelapan. Janganlah ikut pesta liar atau mabuk. Janganlah berkelakuan lucah atau tidak senonoh. Janganlah berkelahi ataupun iri hati. Tetapi biarlah Tuhan Yesus Kristus menjadi pelindung kamu. Jangan turuti tabiat manusia berdosa untuk memuaskan hawa nafsu,"* dan Roma 8:5 menyatakan, *"Orang yang hidup menurut kehendak tabiat manusia, fikiran mereka dikuasai oleh tabiat manusia. Orang yang hidup menurut kehendak Roh TUHAN, fikiran mereka dikuasai oleh Roh TUHAN."*

Oleh itu, menjual semua harta yang ada bermakna menghapuskan semua dusta terhadap kehendak Tuhan dalam jiwa anda dan menyingkirkan perbuatan dan keinginan badaniah, yang tidak benar menurut firman Tuhan, dan semua yang anda kasihi lebih daripada anda mengasihi Tuhan.

Jika anda terus menyingkirkan dosa dan kejahatan dengan cara ini, roh anda akan semakin dibangkitkan dan anda akan dapat hidup berdasarkan firman Tuhan dan menuruti kehendak Roh Kudus. Akhirnya, anda akan menjadi manusia roh dan mencapai sifat ilahi Yesus (Filipi 2:5-8).

Syurga Dimiliki Sebanyak yang Dicapai dalam Hati

Orang yang memiliki syurga melalui iman adalah orang yang menjual semua yang dia ada dengan menyingkirkan semua kejahatan dan mencapai syurga dalam hatinya. Akhirnya, apabila Yesus Kristus kembali, syurga yang selama ini seperti bayang-bayang akan menjadi realiti dan dia akan mendapat syurga abadi. Orang yang memiliki syurga adalah orang yang paling kaya walaupun dia telah membuang semua yang dimilikinya di dunia ini. Namun begitu, orang yang tidak memiliki syurga adalah orang yang paling miskin dan tidak memiliki apa-apa dalam realiti, sekalipun dia memiliki segala-galanya di dunia ini. Hal ini kerana semua yang anda perlukan ada dalam Yesus Kristus dan semua perkara di luar Yesus Kristus adalah tidak bernilai kerana selepas kematian, hanya penghakiman abadi yang menanti.

Itulah sebabnya Matius mengikuti Yesus dan meninggalkan pekerjaannya. Itulah sebabnya Petrus mengikuti Yesus dan meninggalkan perahu dan jalanya. Rasul Paulus juga menganggap segala-gala yang dimilikinya tidak bermakna selepas menerima Yesus Kristus. Sebab semua rasul ini berbuat demikian adalah kerana mereka mahu mendapatkan harta, yang lebih bernilai daripada segala-galanya di dunia, dan menggali harta ini.

Dengan cara yang sama, anda perlu menunjukkan iman dengan perbuatan, dengan cara mematuhi firman yang benar dan menyingkirkan semua dusta yang menentang Tuhan. Anda perlu mencapai Kerajaan Syurga dalam hati anda dengan menjual semua dusta seperti kedegilan, bongkak dan bangga diri yang anda miliki dan yang kini anda anggap sebagai harta dalam hati.

Oleh itu, anda tidak sepatutnya mencari harta di dunia, tetapi jual semua yang anda ada untuk mencapai syurga dalam hati dan mewarisi Kerajaan Syurga yang abadi.

3. Di Rumah BapaKu Banyak Tempat Tinggal

Dari Yohanes 14:1-3, anda dapati bahawa ada banyak tempat tinggal di syurga, dan Yesus Kristus pergi ke sana untuk menyediakan tempat tinggal di syurga untuk anda.

> *Janganlah kamu risau. Percayalah kepada TUHAN dan percayalah kepada-Ku juga. Di dalam rumah Bapa-Ku terdapat banyak tempat kediaman, dan Aku akan pergi menyediakan tempat untuk kamu. Aku tidak akan berkata demikian kepada kamu, sekiranya hal itu tidak begitu. Setelah Aku pergi menyediakan untuk kamu, Aku akan kembali lalu membawa kamu ke tempat-Ku, supaya kamu tinggal di tempat Aku tinggal.*

Yesus Kristus Pergi untuk Menyediakan Tempat Tinggal Anda di Syurga

Yesus memberitahu para rasul-Nya perkara yang akan berlaku sejurus sebelum Dia ditangkap untuk disalibkan. Melihat kepada para rasul-Nya, yang risau selepas mendengar tentang pengkhianatan Yudas Iskariot, penyangkalan Petrus, dan kematian Yesus, Dia menenangkan mereka dan memberitahu tentang tempat tinggal di syurga.

Itu sebabnya Dia berkata, "Di dalam rumah Bapa-Ku terdapat banyak tempat kediaman, dan Aku akan pergi menyediakan tempat untuk kamu. Aku tidak akan berkata demikian kepada kamu, sekiranya hal itu tidak begitu." Yesus disalibkan dan benar-benar dibangkitkan semula selepas tiga hari, dan mengalahkan kuasa kematian. Kemudian, selepas 40 hari, Dia terangkat ke syurga sambil diperhatikan oleh ramai orang, untuk menyediakan tempat tinggal di syurga bagi anda.

Jadi, apa maksudnya *"Aku akan pergi menyediakan tempat untuk kamu?"* Seperti yang ditulis dalam 1 Yohanes 2:2, *"Melalui Kristuslah dosa kita diampunkan, dan bukannya dosa kita sahaja, tetapi juga dosa semua orang,"* ia bermakna Yesus meruntuhkan tembok dosa di antara manusia dan Tuhan, jadi sesiapa sahaja boleh memiliki syurga dengan iman.

Tanpa Yesus Kristus, tembok dosa di antara manusia dan Tuhan tidak akan diruntuhkan. Dalam Perjanjian Lama, apabila seorang manusia melakukan dosa, dia mempersembahkan korban haiwan untuk menebus dosanya. Namun begitu, Yesus membolehkan dosa anda diampunkan dan menjadi suci dengan menawarkan diri-Nya sebagai korban untuk satu kali sahaja

(Ibrani 10:12-14).

Hanya melalui Yesus Kristus, tembok dosa di antara Tuhan dan anda diruntuhkan, dan anda menikmati berkat untuk masuk ke Kerajaan Syurga, dan menikmati hidup abadi yang indah dan menggembirakan.

"Di Rumah Bapa-Ku Banyak Tempat Tinggal"

Yesus dalam Yohanes 14:2 menyatakan, *"Di dalam rumah Bapa-Ku terdapat banyak tempat kediaman."* Hati Yesus yang mahu semua orang untuk diselamatkan tersemadi dalam ayat ini. Apakah sebabnya Yesus menyatakan "Di rumah Bapa-Ku," dan bukan "Di kerajaan syurga"? Hal ini kerana Tuhan tidak mahukan "rakyat" tetapi "anak-anak" yang mana Dia dapat berkongsi kasih selama-lamanya sebagai Bapa.

Syurga diperintah oleh Tuhan dan cukup besar untuk memuatkan semua orang yang diselamatkan oleh iman. Ia juga merupakan tempat yang indah dan menakjubkan dan tidak dapat dibandingkan dengan dunia ini. Dalam Kerajaan Syurga, yang saiznya tidak dapat digambarkan, tempat yang paling indah dan agung ialah Yerusalem Baru di mana terletaknya Takhta Tuhan. Sama seperti adanya Rumah Biru di Seoul, ibu negara Korea, dan Rumah Putih di Washington D.C., ibu negara Amerika Syarikat, iaitu tempat tinggal bagi setiap presiden, Yerusalem Baru ada Takhta Tuhan.

Jadi, di manakah Yerusalem Baru? Ia terletak di tengah-tengah syurga, dan ia tempat di mana manusia yang mempunyai iman, yang menyenangkan hati Tuhan, hidup selama-lamanya. Bahagian paling luar di syurga ialah Firdaus. Sama seperti seorang perompak di sebelah Yesus, yang menerima Yesus Kristus dan telah diselamatkan, orang yang hanya menerima Yesus tetapi tidak melakukan apa-apa untuk Kerajaan Tuhan akan kekal di situ.

Syurga Diberikan Bergantung kepada Ukuran Iman

Mengapakah Tuhan menyediakan banyak tempat tinggal di syurga untuk anak-anak-Nya? Tuhan adalah adil, dan Dia membolehkan anda menuai apa yang anda tanam (Galatia 6:7), dan memberi ganjaran kepada setiap orang bergantung kepada apa yang telah dia lakukan (Matius 16:27; Wahyu 2:23). Itulah sebabnya Dia menyediakan tempat tinggal berdasarkan ukuran iman.

Roma 12:3 menyatakan, *"Kerana kurnia TUHAN yang sudah dianugerahkan-Nya kepadaku, aku menasihati kamu semua: Janganlah anggap diri kamu lebih daripada yang sepatutnya, tetapi nilailah diri masing-masing dengan rendah hati menurut kebolehan yang dikurniakan oleh TUHAN, kerana kamu percaya kepada Yesus."*

Oleh itu, anda perlu sedar bahawa tempat tinggal dan kemuliaan setiap orang di syurga akan berbeza menurut ukuran imannya.

Bergantung kepada sejauh mana anda menyerupai hati Tuhan, tempat tinggal anda di syurga akan ditentukan berdasarkan hal ini. Tempat tinggal di syurga yang abadi akan ditentukan berdasarkan sejauh mana anda telah mencapai syurga dalam hati anda sebagai seorang manusia rohaniah.

Sebagai contoh, katakanlah seorang kanak-kanak dan seorang dewasa bertanding dalam acara sukan atau sedang berdebat. Dunia kanak-kanak dan dunia orang dewasa adalah berbeza dan kanak-kanak mungkin akan berasa bosan berada bersama dengan orang dewasa. Bagi kanak-kanak, cara pemikiran, bahasa dan tindakan mereka berbeza daripada orang dewasa. Kanak-kanak akan seronok bermain dengan kanak-kanak, remaja dengan remaja, dan orang dewasa sesama sendiri.

Hal ini sama juga untuk perkara rohani. Memandangkan roh setiap orang adalah berbeza, Tuhan yang Maha Pengasih dan Adil telah membahagikan tempat tinggal di syurga bergantung kepada ukuran iman supaya anak-anak-Nya akan hidup dengan gembira.

Yesus Kristus Datang selepas Menyediakan Tempat Tinggal di Syurga

Dalam Yohanes 14:3, Yesus berjanji bahawa Dia akan kembali dan membawa anda ke Kerajaan Syurga selepas Dia selesai menyediakan tempat tinggal di syurga.

Katakanlah ada seorang lelaki yang pernah menerima kurnia Tuhan dan mendapat banyak ganjaran di syurga kerana dia setia. Tetapi jika dia kembali kepada cara hidup duniawi, dia akan keluar daripada penyelamatan dan berakhir di neraka. Dan ganjaran syurganya yang banyak tidak akan bernilai. Sekalipun jika dia tidak ke neraka, ganjarannya masih tidak akan bererti.

Kadangkala jika dia menghampakan Tuhan dengan cara memalukan-Nya, walaupun dia pernah setia, ataupun jika dia turun satu tahap atau kekal pada tahap yang sama dalam kehidupan Kristian walaupun dia sepatutnya semakin maju, ganjarannya akan berkurangan.

Namun, Tuhan ingat akan semua kerja yang anda lakukan dan cuba untuk mencapai Kerajaan Syurga dengan cara menjadi setia. Jika anda juga menyucikan hati dengan menyunatkannya dalam Roh Kudus, anda akan berada bersama Yesus Kristus apabila Dia kembali dan anda akan diberkati dengan tinggal di tempat yang bersinar seperti matahari di syurga. Oleh sebab Yesus mahukan semua anak Tuhan untuk menjadi sempurna, Dia berkata, *"Setelah Aku pergi menyediakan untuk kamu, Aku akan kembali lalu membawa kamu ke tempat-Ku, supaya kamu tinggal di tempat Aku tinggal."* Yesus mahu anda menyucikan diri, sama seperti Yesus yang suci, dan berpegang kepada kata-kata harapan ini.

Apabila Yesus menyempurnakan kehendak Tuhan dengan sempurna dan memuliakan-nya, Tuhan memuliakan Yesus dan memberikan-Nya nama baru: "Raja Yang Terutama dan Tuhan yang Agung." Dengan cara yang sama, sebanyak mana anda memuliakan Tuhan di dunia ini, Tuhan akan memimpin anda ke arah kemuliaan. Setakat mana anda menyerupai Tuhan dan disayangi Tuhan, anda akan hidup lebih dekat dengan Takhta Tuhan di syurga.

Tempat tinggal di syurga menunggu pemilik mereka, iaitu anak-anak Tuhan, seperti pengantin perempuan yang bersedia menunggu kedatangan pengantin lelaki. Itulah sebabnya rasul Paulus menulis dalam Wahyu 21:2, *"Aku nampak kota suci itu, Yerusalem Baru turun dari syurga daripada TUHAN. Kota itu sudah disiapkan seperti pengantin perempuan yang telah berhias untuk menemui suaminya."*

Khidmat terbaik daripada seorang pengantin perempuan yang terbaik di dunia sekalipun tidak dapat dibandingkan dengan keselesaan dan kegembiraan tempat tinggal di syurga. Rumah di syurga mempunyai segalanya dan menyediakan segala-galanya dengan membaca minda pemiliknya supaya mereka dapat hidup dengan paling gembira untuk selama-lamanya.

Amsal 17:3 menyatakan, *"Emas dan perak diuji oleh api, tetapi hati orang diuji oleh TUHAN."* Oleh itu, saya berdoa dalam nama Yesus Kristus supaya anda sedar bahawa Tuhan memperelok hati manusia untuk menjadikan mereka anak-Nya yang benar, menyucikan diri anda dengan harapan untuk Yerusalem Baru, dan dengan teguh maju ke syurga yang terbaik dengan menjadi setia dalam semua rumah Tuhan.

Bab 5

Bagaimana Kita Akan Tinggal di Syurga?

1. Gaya Hidup Keseluruhan di Syurga
2. Pakaian di Syurga
3. Makanan di Syurga
4. Kenderaan di Syurga
5. Hiburan di Syurga
6. Pemujaan, Pendidikan, dan Budaya di Syurga

Ada tubuh sorgawi dan ada tubuh duniawi,
tetapi kemuliaan tubuh sorgawi
lain dari pada kemuliaan tubuh duniawi.
Kemuliaan matahari lain dari pada kemuliaan bulan,
dan kemuliaan bulan
lain dari pada kemuliaan bintang-bintang,
dan kemuliaan bintang yang satu
berbeda dengan kemuliaan bintang yang lain.

- 1 Korintus 15:40-41 -

Kegembiraan di syurga tidak dapat dibandingkan dengan kegembiraan yang paling hebat di dunia ini. Walaupun anda bergembira dengan orang tersayang di tepi pantai dengan melihat ufuk langit, kegembiraan seperti ini hanya sementara dan tidak benar. Di satu sudut fikiran anda, masih ada kerisauan tentang perkara yang perlu dihadapi apabila anda kembali ke kehidupan setiap hari. Jika anda mengulangi hidup begini selama sebulan atau dua, atau setahun, anda akan berasa bosan dan mula mencari sesuatu yang baru.

Namun begitu, kehidupan di syurga, di mana segala-galanya adalah jernih dan indah seperti kristal, adalah kegembiraan itu sendiri kerana semuanya baru, misteri, menyeronokkan dan menggembirakan secara berterusan. Anda boleh mempunyai masa yang seronok dengan Tuhan Bapa dan Yesus Kristus, atau anda akan bergembira dengan hobi, permainan kesukaan, dan perkara menarik lain sebanyak mana yang anda mahu. Mari kita lihat cara hidup anak-anak Tuhan apabila mereka masuk ke syurga.

1. Gaya Hidup Keseluruhan di Syurga

Apabila tubuh fizikal anda berubah menjadi tubuh rohani, yang terdiri daripada roh, jiwa dan tubuh di syurga, anda akan dapat mengenal isteri, suami, anak-anak dan ibu bapa anda dari dunia. Anda juga akan mengenal gembala atau kawanan domba anda di dunia ini. Anda juga akan ingat apa yang telah dilupakan di dunia. Anda akan menjadi begitu bijaksana kerana anda dapat membezakan dan memahami kehendak Tuhan.

Mungkin ada yang tertanya-tanya, 'Adakah dosa saya akan didedahkan di syurga?' Tidaklah begitu. Jika anda telah bertaubat, Tuhan tidak akan mengingati dosa anda seperti sejauh timur dari barat (Mazmur 103:12), tetapi hanya akan mengingati perbuatan baik anda kerana semua dosa anda telah diampunkan apabila anda berada di syurga.

Jadi, apabila anda masuk ke syurga, bagaimana anda akan berubah dan hidup?

Tubuh Syurgawi

Manusia dan haiwan di dunia mempunyai bentuk tersendiri dan setiap makhluk hidup dapat dikenal pasti, sama ada gajah, singa, helang atau manusia.

Sama seperti ada tubuh dengan bentuknya sendiri dalam dunia tiga dimensi, ada juga tubuh unik di syurga, yang merupakan dunia empat dimensi. Ini dinamakan tubuh syurgawi. Di syurga anda akan kenal antara satu sama lain dengan tubuh ini. Jadi, bagaimana rupanya tubuh syurgawi?

Apabila Tuhan Yesus kembali ke udara, setiap orang daripada kita berubah kepada tubuh yang dibangkitkan iaitu tubuh rohani. Tubuh yang dibangkitkan ini akan berubah kepada tubuh syurgawi, yang berada pada tahap yang lebih tinggi, selepas Penghakiman Agung. Menurut ganjaran yang kita peroleh, cahaya kemuliaan yang bersinar daripada tubuh syurgawi ini adalah berbeza.

Tubuh syurgawi mempunyai tulang dan daging seperti tubuh

Yesus selepas Dia dibangkitkan (Yohanes 20:27), tetapi ia tubuh baru yang mempunyai roh, jiwa dan tubuh yang tidak akan binasa. Tubuh kita yang boleh binasa berubah kepada tubuh baru dengan kata-kata dan kuasa Tuhan.

Tubuh syurgawi mengandungi tulang yang tidak dapat dibinasakan dan daging yang bersinar kerana ia disegarkan dan bersih. Walaupun jika seseorang kudung sebelah tangan atau kaki, atau cacat, tubuh syurgawi akan dipulihkan menjadi tubuh yang sempurna.

Tubuh syurgawi tidak samar seperti bayang-bayang tetapi mempunyai bentuk yang jelas, dan tidak dipengaruhi oleh masa dan ruang. Itulah sebabnya apabila Yesus muncul di hadapan rasul-Nya selepas kebangkitan-Nya, Dia dapat berjalan menembusi dinding (Yohanes 20:26).

Tubuh di dunia ini akan berkedut dan menjadi kasar apabila ia menjadi tua, tetapi tubuh syurgawi akan kekal segar sebagai tubuh yang tidak dapat dibinasakan supaya ia sentiasa muda dan bersinar seperti matahari.

Umur 33 Tahun

Ramai orang tertanya-tanya sama ada tubuh syurgawi adalah seperti tubuh orang dewasa atau kanak-kanak. Di syurga, semua orang, sama ada mereka mati pada usia muda atau tua, akan mempunyai usia muda 33 tahun, iaitu usia Yesus semasa Dia disalibkan di dunia ini.

Mengapakah Tuhan membiarkan anda hidup pada usia 33 tahun selama-lamanya di syurga? Sama seperti matahari yang bersinar paling terang pada waktu tengah hari, usia 33 tahun adalah kemuncak hidup manusia.

Orang yang lebih muda daripada usia 30 tahun mungkin tidak cukup pengalaman dan kurang matang, dan manusia yang melebih usia 40 tahun akan kurang bertenaga apabila mereka bertambah tua. Namun, sekitar usia 33 tahun, manusia matang dan indah dalam semua aspek. Selain itu, kebanyakan mereka telah berkahwin dan melahirkan anak, jadi mereka memahami, sehingga satu tahap, hati Tuhan yang memupuk manusia di dunia ini.

Dengan cara ini, Tuhan mengubah anda menjadi tubuh syurgawi supaya anda akan kekal pada usia muda 33 tahun, usia yang paling indah bagi manusia, selama-lamanya di syurga.

Tiada Hubungan Biologi

Jika anda hidup di syurga selama-lamanya dengan wajah dan tubuh seperti mana anda meninggalkan dunia, betapa lucunya hal ini? Katakanlah seorang lelaki meninggal dunia pada usia 40 tahun dan masuk ke syurga. Anak lelakinya masuk ke syurga pada usia 50 tahun, dan cucunya meninggal dunia pada usia 90 tahun dan masuk ke syurga. Apabila mereka bertemu di syurga, cucunya akan menjadi yang paling tua, dan datuk akan menjadi yang paling muda.

Oleh itu, di syurga di mana Tuhan berkuasa dengan kebenaran dan kasih-Nya, semua orang akan berusia 33 tahun, dan hubungan biologi atau fizikal di dunia tidak akan diambil kira.

Tiada sesiapa akan memanggil sesiapa 'bapa', 'ibu', 'anak lelaki', atau 'anak perempuan' di syurga walaupun mereka ibu bapa dan anak di dunia ini. Hal ini kerana semua orang adalah bersaudara sebagai anak Tuhan. Memandangkan mereka tahu bahawa mereka pernah menjadi ibu bapa dan anak di dunia dan saling menyayangi, mereka boleh mempunyai kasih yang istimewa untuk sesama sendiri.

Apa kata, jika ibu pergi ke Kerajaan Kedua syurga dan anak lelakinya masuk ke Yerusalem Baru? Di dunia, anak lelaki tentulah perlu menjaga kebajikan ibunya. Namun di syurga, ibu akan tunduk kepada anak lelakinya kerana dia lebih menyerupai Tuhan Bapa, dan cahaya yang datang daripada tubuh syurgawinya adalah lebih terang daripada si ibu.

Oleh itu, kita tidak menggunakan nama dan pangkat yang digunakan di dunia, tetapi Tuhan Bapa memberikan nama baru yang lebih sesuai, yang mempunyai makna kerohanian. Di dunia inipun, Tuhan mengubah nama Abram kepada Abraham, Sarai kepada Sara, dan Yaakub kepada Israel, yang bermakna bahawa dia telah bergelut dengan Tuhan dan berjaya mengatasinya.

Perbezaan antara Lelaki dan Wanita di Syurga

Di syurga, tidak ada perkahwinan, tetapi ada perbezaan jelas antara lelaki dan wanita. Pertama sekali, lelaki mempunyai ketinggian enam hingga enam kaki dua inci dan wanita adalah lebih kurang empat inci lebih rendah.

Sesetengah orang amat risau kerana mereka terlalu tinggi atau terlalu rendah, tetapi di syurga kita tidak perlu risau akan hal ini. Mereka juga tidak perlu risau tentang berat badan kerana semua orang akan boleh mempunyai bentuk tubuh yang paling sesuai dan cantik.

Tubuh syurgawi tidak akan merasai apa-apa berat walaupun ia seakan-akan mempunyai berat, jadi walaupun seseorang berjalan di atas batas bunga, ia tidak akan terkena tekanan atau hancur. Tubuh syurgawi tidak dapat ditimbang, tetapi ia tidak akan terbang ditiup angin kerana ia amat stabil. Mempunyai berat walaupun anda tidak dapat merasakannya bermakna ia mempunyai bentuk dan kewujudan. Keadaan ini seperti apabila anda mengangkat sekeping kertas, anda tidak akan berasakan beratnya tetapi anda tahu bahawa ia mempunyai berat.

Rambut manusia di syurga adalah perang dan sedikit beralun. Rambut lelaki panjang hingga ke leher, tetapi panjang rambut wanita berbeza antara satu sama lain. Mempunyai rambut panjang bagi wanita bermaksud dia telah menerima ganjaran yang besar, dan rambut yang paling panjang akan mencecah pinggang. Bagi wanita, rambut yang panjang merupakan kemuliaan dan kebanggaan besar (1 Korintus 11:15).

Di dunia ini, kebanyakan wanita berharap dan cuba mendapatkan kulit yang cerah dan lembut. Mereka menggunakan produk kosmetik untuk mengekalkan ketegangan dan kelembutan kulit tanpa kedutan. Di syurga, semua orang akan mempunyai kulit bersih yang putih dan suci, bersinar dengan cahaya kemuliaan.

Tambahan pula, memandangkan tiada kejahatan di syurga, kita tidak perlu memakai mekap atau risau tentang perawakan luaran masing-masing kerana semuanya indah di sana. Cahaya kemuliaan yang datang dari tubuh syurgawi akan bersinar lebih putih, jelas, dan terang menurut tahap kesucian seseorang dan sejauh mana dia menyerupai hati Yesus Kristus. Kedudukan juga ditentukan dan dikekalkan dengan cara ini.

Hati Manusia Syurgawi

Orang yang mempunyai tubuh syurgawi mempunyai hati roh sendiri, yang berada dalam sifat ilahi dan bebas daripada kejahatan. Sama seperti manusia yang mahu memiliki dan menyentuh benda yang baik dan indah di dunia, hati manusia dengan tubuh syurgawi mahu merasai keindahan orang lain, melihat mereka dan menyentuh mereka dengan kegembiraan. Namun begitu, di sini tiada ketamakan dan iri hati langsung.

Manusia berubah menurut kepentingan mereka di dunia, dan mereka berasa bosan dengan benda, walaupun ia cantik dan bermanfaat. Hati manusia dengan tubuh syurgawi tidak mempunyai kejahatan dan tidak pernah berubah.

Contohnya, manusia di dunia, jika mereka miskin, mereka boleh makan makanan yang murah dan rendah kualiti tetapi sedap. Jika mereka mempunyai wang lebih, mereka tidak akan berpuas hati dengan makanan yang dahulunya dirasakan sedap tetapi mahu mencari makanan yang lebih baik. Jika anda membeli mainan baru untuk kanak-kanak, mereka pada mulanya akan berasa gembira, tetapi selepas beberapa hari mereka akan bosan dan mencari mainan yang baru. Di syurga, pemikiran begini tidak wujud, dan jika anda suka akan sesuatu, anda akan menyukainya selama-lamanya.

2. Pakaian di Syurga

Sesetengah orang berfikiran bahawa pakaian di syurga akan sama, tetapi tidak begitu. Tuhan merupakan Pencipta, dan Hakim Kebenaran yang memberi balasan menurut apa yang anda telah lakukan. Oleh itu, seperti mana ganjaran di syurga adalah berbeza, pakaian juga berbeza menurut perbuatan yang dilakukan di dunia (Wahyu 22:12). Apakah jenis pakaian yang akan anda pakai dan bagaimana anda menghiasnya di syurga?

Pakaian Syurga dengan Pelbagai Warna dan Rekaan

Di syurga, semua orang memakai pakaian yang terang, putih dan bersinar. Pakaian ini selembut sutera dan ringan seolah-olah tiada berat, dan beralun dengan cantik.

Kerana tahap kesucian manusia berbeza, cahaya yang datang daripada pakaian dan kecerahannya adalah berbeza. Lebih banyak seseorang menyerupai hati suci Tuhan, lebih terang dan cerah pakaiannya akan bersinar.

Bergantung kepada jumlah kerja yang anda lakukan untuk kerajaan Tuhan dan memuliakan-Nya, pelbagai jenis pakaian dengan corak rekaan dan jenis kain berbeza akan diberikan kepada anda.

Di dunia ini, manusia memakai pelbagai jenis pakaian berdasarkan status sosial dan ekonomi mereka. Begitu juga di syurga, anda akan memakai pakaian yang lebih berwarna-warni dan rekaan berbeza apabila anda mendapat kedudukan yang lebih tinggi di syurga. Gaya rambut dan perhiasan juga akan berbeza.

Selain itu, pada zaman dahulu manusia dapat mengenal

pasti kedudukan sosial seseorang dengan melihat kepada warna pakaian mereka. Dengan cara yang sama, manusia di syurga dapat mengenal pasti kedudukan dan jumlah ganjaran yang diberikan kepada setiap orang di syurga Memakai pakaian dengan warna dan rekaan yang berbeza daripada orang lain bermakna seseorang itu telah mencapai kemuliaan yang lebih besar.

Oleh itu, orang yang layak masuk ke Yerusalem Baru atau banyak menyumbang kepada kerajaan Tuhan akan menerima pakaian yang paling cantik, berwarna-warni dan bersinar.

Sebaliknya, jika anda tidak banyak berkhidmat untuk kerajaan Tuhan, anda akan menerima hanya beberapa helai pakaian di syurga,. Namun, jika anda banyak berkhidmat dengan iman dan kasih, anda akan dapat menerima tidak terkira banyaknya pakaian dengan pelbagai warna dan rekaan.

Pakaian Syurga dengan Pelbagai Perhiasan

Tuhan akan memberikan pakaian dengan pelbagai perhiasan untuk menunjukkan kemuliaan setiap manusia. Seperti keluarga diraja pada zaman dahulu yang menunjukkan kedudukan mereka dengan memakai perhiasan khas pada pakaian mereka, pakaian di syurga dengan pelbagai perhiasan akan menunjukkan kedudukan dan kemuliaan seseorang di syurga.

Terdapat perhiasan kesyukuran, pujian, doa, kegembiraan, kemuliaan dan sebagainya yang dapat dijahit pada pakaian di syurga. Apabila anda menyanyikan puji-pujian dalam kehidupan ini dengan minda yang bersyukur untuk kasih dan kurnia Tuhan Bapa dan Yesus Kristus, atau apabila anda bernyanyi untuk memuliakan Tuhan, Dia menerima hati anda sebagai aroma yang indah dan Dia meletakkan perhiasan pujian pada pakaian anda di syurga.

Perhiasan kegembiraan dan kesyukuran akan diletakkan dengan cantik bagi manusia yang benar-benar gembira dan bersyukur dalam hati mereka, dengan cara mengingati kurnia Tuhan Bapa yang memberikan kehidupan abadi dan kerajaan syurga walaupun semasa berhadapan dengan penderitaan dan ujian di dunia.

Seterusnya, perhiasan doa akan diletakkan bagi manusia yang berdoa sepenuh hati untuk kerajaan Tuhan. Namun, antara semua ini, perhiasan yang paling indah adalah perhiasan kemuliaan. Ini adalah perhiasan yang paling sukar untuk didapati. Ia hanya diberikan kepada manusia yang melakukan segala-galanya untuk kemuliaan Tuhan dengan setulus hati mereka. Seperti raja atau presiden yang menganugerahkan pingat khas atau pingat kehormat kepada askar yang memberikan khidmat terbaik, perhiasan kemuliaan ini diberikan khas untuk manusia yang bekerja keras dan tekun untuk kerajaan Tuhan dan memberikan kemuliaan yang besar kepada Tuhan. Oleh itu, orang yang mempunyai perhiasan kemuliaan pada pakaiannya adalah yang paling mulia dalam kerajaan syurga.

Ganjaran Mahkota dan Permata

Terdapat tidak terkira banyaknya permata di syurga. Sesetengah permata diberikan sebagai ganjaran dan diletakkan pada pakaian. Buku Wahyu ada menyatakan bahawa Yesus Kristus memakai mahkota emas dan selempang di dada-Nya, dan ini juga adalah ganjaran yang diberikan kepada-Nya oleh Tuhan.

Alkitab menyebutkan banyak jenis mahkota. Standard untuk menerima mahkota dan nilai mahkota berbeza kerana ia diberikan sebagai ganjaran.

Terdapat banyak jenis mahkota yang diberikan bergantung kepada perbuatan kita seperti mahkota yang tidak dapat dibinasakan yang diberikan kepada manusia yang terlibat dalam pertandingan (1 Korintus 9:25), mahkota kemuliaan diberikan kepada manusia yang memuliakan Tuhan (1 Petrus 5:4), mahkota kehidupan yang diberikan kepada manusia yang setia sehingga ke tahap menggadaikan nyawa (Yakobus 1:12; Wahyu 2:10), mahkota emas yang dipakai oleh 24 orang pemimpin di sekeliling Takhta Tuhan (Wahyu 4:4, 14:14), dan mahkota kebenaran yang diingini oleh rasul Paulus (2 Timotius 4:8).

Ada juga mahkota pelbagai bentuk yang dihiasi permata seperti mahkota berhias emas, mahkota bunga, mahkota mutiara dan sebagainya. Berdasarkan jenis mahkota yang diberikan, kita dapat mengenali kesucian seseorang dan ganjaran yang dimilikinya.

Di dunia ini, sesiapa sahaja dapat membeli batu permata jika dia mempunyai wang, tetapi di syurga anda hanya akan mendapat permata apabila ia diberikan sebagai ganjaran. Faktor seperti jumlah orang yang anda pimpin ke arah penyelamatan, jumlah persembahan yang anda berikan dengan hati yang benar, dan tahap iman akan menentukan jenis ganjaran yang akan diberikan. Oleh itu, permata dan mahkota mestilah berbeza kerana ia diberikan berdasarkan perbuatan seseorang. Sinaran, keindahan, kemegahan dan jumlah permata pada setiap mahkota juga berbeza.

Hal ini sama seperti tempat tinggal dan rumah-rumah di syurga. Tempat tinggal berbeza berdasarkan iman seseorang:

saiz, keindahan, sinaran emas dan permata lain bagi setiap rumah adalah berbeza. Anda akan dapat lihat perkara ini dengan lebih teliti berkenaan tempat tinggal di syurga dalam bab 6 dan seterusnya.

3. Makanan di Syurga

Semasa manusia pertama, Adam dan Hawa tinggal di Taman Eden, mereka hanya makan buah-buahan dan tumbuhan yang menghasilkan biji-bijian (Kejadian 1:29). Namun begitu, apabila Adam diusir dari Taman Eden kerana keingkaran, mereka mula makan tanaman yang tumbuh di atas tanah. Selepas banjir besar, manusia dibenarkan makan daging. Dengan cara ini, manusia menjadi lebih jahat, dan jenis makanan turut berubah.

Jadi apakah yang akan anda makan di syurga, tempat yang sama sekali tiada kejahatan? Sesetengah orang mungkin tertanya-tanya jika tubuh syurgawi juga memerlukan makanan. Di syurga, anda boleh minum Air Kehidupan, dan makan atau menghidu banyak jenis buah-buahan untuk mendapat kegembiraan.

Pernafasan Tubuh Syurgawi

Seperti manusia yang bernafas di bumi, tubuh syurgawi juga bernafas di syurga. Sudah tentu tubuh syurgawi tidak perlu bernafas, tetapi ia dapat berehat ketika bernafas, dengan cara seperti anda bernafas di bumi ini. Ia boleh bernafas bukan sahaja melalui hidung atau mulut, tetapi juga melalui mata atau semua sel tubuh, malah melalui hati.

Tuhan bernafas menerima bau harum hati kita kerana Dia adalah Roh. Dia berasa senang hati dengan pengorbanan manusia yang berlandaskan kebenaran dan menghidu bau harum daripada hati mereka semasa zaman Perjanjian Lama (Kejadian 8:21). Dalam Perjanjian Baru, Yesus yang suci dan tidak berdosa, mengorbankan diri-Nya untuk kita, persembahan dan korban kepada Tuhan sebagai aroma yang harum (Efesus 5:2).

Oleh itu, Tuhan menerima aroma hati anda apabila anda menyembah, berdoa atau menyanyikan puji-pujian dengan hati yang benar. Sebanyak mana anda menyerupai Yesus Kristus dan menjadi benar, anda dapat menyebarkan aroma Kristus, dan sebagai balasan akan diterima sebagai persembahan yang berharga untuk Tuhan. Tuhan menerima puji-pujian dan doa anda dengan sukacita menerusi pernafasan.

Dalam Matius 26:29 anda dapati Yesus Kristus berdoa untuk anda sejak Dia naik ke syurga, tanpa makan apa-apa selama dua milenium. Begitu juga, di syurga, tubuh syurgawi boleh hidup tanpa makan atau bernafas. Anda sendiri akan hidup selama-lamanya apabila anda masuk ke syurga kerana anda akan berubah menjadi tubuh rohani yang tidak akan binasa.

Apabila tubuh syurgawi bernafas, ia akan merasakan lebih banyak keriangan dan kegembiraan. dan roh akan disegarkan dan diperbaharui. Seperti manusia yang mengimbangkan pemakanan untuk mengekalkan kesihatan, tubuh syurgawi menikmati aroma harum pernafasan di syurga.

Jadi apabila banyak jenis bunga dan buah-buahan memberikan aroma, tubuh syurgawi bernafas aroma ini. Walaupun bunga memberikan aroma yang sama setiap kali, tubuh syurgawi akan sentiasa berasa gembira dan berpuas hati.

Tambahan pula, tubuh syurgawi menerima aroma indah bunga dan buah-buahan, aroma itu diserap ke dalam tubuh seperti minyak wangi. Tubuh akan mengeluarkan aroma itu sehingga ia benar-benar hilang. Sama seperti anda yang suka akan minyak wangi di bumi ini, tubuh syurgawi berasa lebih gembira untuk menghidu disebabkan aroma yang indah.

Buangan Melalui Pernafasan

Jadi, bagaimanakah manusia makan dan meneruskan kehidupan mereka di syurga? Dalam Alkitab, Yesus muncul di hadapan para rasul-Nya selepas dibangkitkan semula; menghembuskan nafas (Yohanes 20:22) atau makan (Yohanes 21:12-15). Yesus yang dibangkitkan semula makan bukan kerana Dia lapar, tetapi untuk berkongsi kegembiraan dengan para rasul, dan untuk memberitahu anda bahawa anda juga akan makan di syurga sebagai tubuh syurgawi. Itulah sebabnya Alkitab mencatatkan bahawa Yesus Kristus makan sedikit roti dan ikan untuk sarapan selepas Dia dibangkitkan semula.

Jadi, mengapa Alkitab menyatakan bahawa Yesus menghembuskan nafas walaupun selepas Dia dibangkitkan semula? Apabila anda makan di syurga, ia tercerna serta-merta dan dibuang melalui pernafasan. Di syurga, makanan tercerna serta-merta dan keluar dari badan melalui pernafasan. Jadi tidak perlu tandas atau membuang air. Betapa selesa dan menakjubkan, makanan yang dimakan akan keluar dari tubuh melalui pernafasan sebagai aroma dan larut!

4. Kenderaan di Syurga

Melalui sejarah manusia, apabila tamadun dan sains berkembang, kenderaan yang lebih pantas dan selesa seperti pedati, kereta kuda, kereta, kapal, kereta api, kapal terbang dan banyak lagi telah dicipta.

Di syurga juga terdapat banyak jenis kenderaan. Terdapat sistem kenderaan awam di syurga seperti kereta api syurga dan kenderaan peribadi seperti kereta awan dan kereta kuda emas.

Di syurga, tubuh syurgawi bergerak begitu pantas dan boleh terbang kerana ia menjangkaui masa dan ruang, tetapi adalah lebih menyeronokkan dan menggembirakan untuk naik pengangkutan yang diberikan sebagai ganjaran.

Perjalanan dan Kenderaan di Syurga

Betapa gembira dan seronoknya jika anda dapat berjalan-jalan melihat sekeliling syurga dan menyaksikan segala-gala yang indah dan menakjubkan yang dicipta oleh Tuhan!

Setiap penjuru syurga mempunyai keindahan yang unik, supaya anda dapat menikmatinya. Namun begitu, memandangkan hati tubuh syurgawi tidak pernah berubah, ia tidak akan bosan melawat tempat yang sama berulang kali. Jadi, perjalanan di syurga sentiasa menyeronokkan dan menarik untuk dilakukan.

Tubuh syurgawi tidak perlu menggunakan apa-apa jenis pengangkutan kerana ia tidak pernah penat dan dapat terbang. Namun begitu, penggunaan pelbagai jenis kenderaan menjadikan segala-galanya lebih selesa. Sama seperti menaiki bas lebih selesa daripada berjalan kaki, dan menaiki teksi atau memandu lebih selesa daripada menaiki bas atau menaiki kereta api bawah tanah di bumi ini.

Jika anda menaiki kereta api di syurga, yang dihias dengan permata pelbagai warna, anda dapat pergi ke destinasi walaupun tiada landasan, dan ia boleh bergerak bebas ke kiri dan ke kanan, malah ke atas dan ke bawah.

Apabila manusia yang tinggal di Firdaus pergi ke Yerusalem Baru, mereka akan menaiki kereta api syurga kerana kedua-dua tempat ini jauh antara satu sama lain. Hal ini merupakan sesuatu yang menyeronokkan bagi para penumpang. Terbang melintasi cahaya yang terang, mereka dapat melihat banyak pemandangan syurga yang indah melalui tingkap. Mereka berasa lebih gembira kerana mereka akan bertemu Tuhan Bapa.

Salah satu kenderaan di syurga ialah pedati emas yang dinaiki oleh seorang yang istimewa di Yerusalem Baru apabila dia berjalan-jalan di syurga. Ia mempunyai sayap putih, dan ada suis di dalamnya. Dengan suis ini, pedati akan bergerak secara automatik, dan ia boleh berlari atau terbang mengikut keinginan pemiliknya.

Kenderaan Awan

Awan di syurga adalah seperti perhiasan yang menambahkan kecantikan syurga. Jadi apabila tubuh syurgawi pergi ke tempat yang ada awan mengelilinginya, tubuh syurgawi bersinar lebih terang lagi. Ia boleh membuatkan orang lain merasakan dan menyanjung kemegahan, kemuliaan dan kuasa tubuh syurgawi yang berawan.

Alkitab menyatakan bahawa Yesus akan kembali dengan awan (1 Tesalonika 4:16-17), dan hal ini kerana kembali dengan awan keagungan adalah lebih gah, megah dan indah berbanding kembali di angkasa tanpa apa-apa. Dengan cara yang sama, awan di syurga wujud untuk menambah kemuliaan kepada anak-anak Tuhan.

Jika anda layak masuk ke Yerusalem Baru, anda akan dapat memiliki kenderaan awan yang menakjubkan. Ia bukan awan yang terbentuk daripada wap seperti di bumi, tetapi ia diperbuat daripada awan kemuliaan di syurga.

Kenderaan awan menunjukkan kemuliaan, kemegahan dan kuasa pemiliknya. Namun begitu, bukan semua orang dapat memiliki kenderaan awan kerana ia diberikan hanya kepada orang yang layak masuk ke Yerusalem Baru, yang telah disucikan sepenuhnya dan setia dalam semua rumah Tuhan.

Orang yang masuk ke Yerusalem Baru boleh pergi ke mana-mana sahaja dengan Yesus Kristus, dengan menaiki kenderaan awan. Dalam perjalanan, bala tentera syurga dan malaikat akan mengiringi dan melayan mereka. Ia seperti ramai menteri yang melayan raja atau putera raja apabila dia dalam perjalanan. Oleh itu, iringan dan layanan bala tentera syurga dan malaikat menunjukkan kekuasaan dan keagungan pemiliknya.

Kenderaan syurga biasanya dipandu oleh malaikat. Terdapat kenderaan dengan satu tempat duduk untuk kegunaan peribadi, atau banyak tempat duduk yang mana ramai orang boleh naik bersama-sama. Apabila seseorang di Yerusalem Baru bermain golf dan bergerak di sekeliling padang, kenderaan awan datang dan berhenti di kaki tuannya. Apabila dia masuk, kenderaan ini bergerak ke arah bola dengan lembut tetapi dalam tempoh yang singkat.

Bayangkan anda terbang di langit, menaiki kenderaan awan dengan iringan bala tentera syurga dan malaikat di Yerusalem Baru. Juga, bayangkan anda menaiki kenderaan awan dengan Yesus Kristus atau anda menaiki kereta api syurga dengan orang tersayang. Anda mungkin akan diselubungi kegembiraan.

5. Hiburan di Syurga

Sesetengah orang mungkin berfikir bahawa tidak banyak keseronokan hidup sebagai tubuh syurgawi, tetapi hal ini tidak sedemikian. Anda akan bosan atau tidak berpuas hati sepenuhnya dengan keseronokan di dunia fizikal ini, tetapi di dunia rohani "keseronokan" selalu terasa baru dan menyegarkan.

Sekalipun di dunia ini, lebih banyak anda mencapai kepenuhan roh, lebih mendalam kasih yang anda alami dan lebih gembira hidup anda. Di syurga, anda dapat menikmati bukan sahaja hobi anda tetapi juga banyak jenis hiburan lain, dan ia lebih menyeronokkan daripada bentuk hiburan lain di bumi ini.

Menikmati Hobi dan Permainan

Sama seperti manusia di bumi ini mengembangkan bakat mereka dan menjadikan hidup lebih bermakna dengan hobi, anda juga boleh mempunyai dan menikmati hobi di syurga. Anda bukan sahaja dapat melakukan apa yang anda suka di bumi ini, tetapi juga perkara yang anda elak daripada nikmati supaya anda dapat menjalankan kerja Tuhan sebanyak mungkin. Anda juga boleh belajar perkara baru.

Orang yang berminat dengan alat muzik boleh memuji Tuhan dengan bermain kecapi. Atau anda boleh belajar bermain piano, seruling atau banyak lagi alat muzik yang lain, dan anda boleh belajar dengan cepat kerana semua orang bertambah arif di syurga.

Anda juga boleh berbual dengan alam sekitar dan haiwan di syurga untuk menambah keseronokan anda. Tumbuhan dan haiwan juga mengenali anak-anak Tuhan, menyambut kedatangan mereka, dan menyatakan kasih dan hormat kepada mereka.

Tambahan lagi, anda boleh menikmati banyak sukan seperti tenis, bola keranjang, boling, golf dan meluncur angin tetapi bukan acara sukan seperti gusti atau tinju yang membahayakan orang lain. Kemudahan dan peralatan yang disediakan adalah tidak berbahaya sama sekali. Ia diperbuat daripada bahan yang menakjubkan dan dihias dengan emas dan permata untuk memberikan lebih banyak kegembiraan dan keseronokan semasa bermain sukan tersebut.

Peralatan sukan juga mengenali hati manusia dan memberikan lebih banyak keseronokan. Contohnya, jika anda suka boling, bola atau pin menukar warna mereka, dan menetapkan kedudukan dan jarak yang anda mahu. Pin akan jatuh dengan cahaya yang indah dan bunyi yang ceria. Jika anda mahu kalah kepada pasangan anda, pin akan bergerak mengikut keinginan hati anda untuk membuatkan anda lebih gembira.

Di syurga, tidak ada kejahatan yang mahu menang atau mengalahkan orang lain. Memberikan keseronokan dan manfaat untuk orang lain bermakna memenangi pertandingan. Sesetengah orang mungkin akan mempersoalkan makna permainan yang tiada pemenang atau yang kalah, tetapi di syurga anda tidak mendapat keseronokan dengan menang menentang orang lain. Bermain permainan itu sendiri dianggap keseronokan.

Tentulah, ada beberapa permainan yang anda mendapat keseronokan daripada pertandingan yang baik dan adil. Contohnya, ada permainan di mana anda dapat menang bergantung kepada betapa banyak haruman anda dapat hidu daripada bunga, cara terbaik anda menggabungkannya dan mengeluarkan haruman terbaik, dan sebagainya.

Pelbagai Jenis Hiburan

Orang yang suka akan permainan bertanya jika ada arked permainan di syurga. Tentu sekali ada banyak permainan yang lebih menyeronokkan berbanding apa yang ada di bumi ini.

Permainan di syurga, tidak seperti di bumi ini, tidak akan meletihkan anda atau merosakkan mata. Anda tidak akan berasa bosan dengannya. Sebaliknya, ia menjadikan anda lebih bertenaga dan aman selepas itu. Apabila anda menang atau dapat skor terbaik, anda akan rasakan kegembiraan yang teramat sangat dan anda tidak akan hilang minat.

Manusia di syurga berada dalam tubuh syurgawi, jadi mereka tidak pernah berasa takut akan jatuh dari permainan di taman tema seperti roller coaster. Mereka hanya berasa teruja dan seronok. Orang yang mempunyai ketakutan terhadap ketinggian di bumi ini pun dapat menikmati perkara di syurga sebanyak yang mereka mahu.

Walaupun anda jatuh dari roller coaster, anda tidak akan

cedera kerana anda mempunyai tubuh syurgawi. Anda boleh mendarat dengan selamat seperti pakar seni mempertahankan diri, atau malaikat anda melindungi anda. Jadi bayangkanlah anda menaiki roller coaster, menjerit bersama-sama Yesus Kristus, dan orang tersayang. Betapa gembiranya!

6. Penyembahan, Pendidikan dan Budaya di Syurga

Anda tidak perlu bekerja untuk mendapatkan makanan, pakaian dan rumah di syurga. Ada yang tertanya-tanya, "Apa yang akan kami akan buat selama-lamanya? Tidakkah kami akan bosan jika tidak berbuat apa-apa?" Namun begitu, anda tidak perlu risau langsung

Di syurga, ada banyak perkara yang anda dapat nikmati. Ada banyak aktiviti dan acara yang menarik dan menyeronokkan seperti permainan, pendidikan, kebaktian penyembahan, parti dan perayaan, pengembaraan dan sukan.

Anda tidak diminta atau dipaksa untuk mengambil bahagian dalam aktiviti ini. Semua orang melakukan segala-galanya secara sukarela, dan melakukannya dengan gembira kerana segala-gala yang anda lakukan memberikan anda banyak kegembiraan.

Menyembah dengan Kegembiraan di Hadapan Tuhan Pencipta

Sama seperti anda menghadiri kebaktian dan menyembah Tuhan pada masa tertentu di bumi ini, anda juga menyembah

Tuhan pada masa-masa tertentu di syurga. Sudah tentu Tuhan yang akan menyampaikan pesanan dan melalui pesanan-Nya, anda dapat belajar tentang asal usul Tuhan dan dunia rohani yang tiada permulaan atau penghujungnya.

Umumnya, manusia yang cemerlang dalam pelajarannya suka pergi ke kelas dan berjumpa dengan guru. Dalam kehidupan iman pun, orang yang mengasihi Tuhan dan menyembah dalam roh dan kebenaran tidak sabar untuk menghadiri pelbagai kebaktian penyembahan dan mendengar suara gembala yang menyampaikan ajaran firman kehidupan.

Apabila anda masuk ke syurga, anda berasa seronok dan gembira untuk menyembah Tuhan dan tidak sabar-sabar untuk mendengar firman Tuhan. Anda dapat mendengar firman Tuhan melalui kebaktian, mempunyai masa untuk berbual dengan Tuhan atau mendengar kata-kata Yesus Kristus. Ada juga masa untuk berdoa. Namun begitu, anda tidak perlu berlutut atau berdoa dengan mata tertutup seperti di dunia ini. Ini adalah masa untuk berbual dengan Tuhan. Doa di syurga adalah perbualan dengan Tuhan Bapa, Yesus Kristus dan Roh Kudus. Betapa gembiranya masa-masa itu!

Anda juga dapat memuji Tuhan seperti yang anda lakukan di bumi ini. Namun begitu, anda tidak menggunakan bahasa dunia, tetapi anda akan memuji Tuhan dengan lagu-lagu baru. Orang yang berhadapan dengan ujian bersama-sama atau ahli gereja yang sama di dunia akan berkumpul bersama gembala mereka dan menikmati masa persekutuan.

Jadi, bagaimanakah manusia menyembah bersama-sama di syurga, terutamanya memandangkan tempat tinggal mereka berbeza di seluruh syurga? Di syurga, cahaya tubuh syurgawi berbeza di setiap tempat tinggal, jadi mereka meminjam pakaian yang sesuai untuk pergi ke tempat bertaraf lebih tinggi. Oleh itu, untuk menghadiri kebaktian penyembahan yang diadakan di Yerusalem Baru, yang diliputi cahaya kemuliaan, manusia dari tempat lain mesti meminjam pakaian yang sesuai.

Sama seperti anda dapat menghadiri dan menonton kebaktian yang sama melalui satelit di seluruh dunia pada masa yang sama, anda juga boleh berbuat demikian di syurga. Anda dapat menghadiri dan menonton kebaktian yang diadakan di Yerusalem Baru dari tempat lain di syurga, tetapi skrin di syurga bersifat semula jadi sehingga anda akan rasakan seperti anda berada dalam kebaktian yang sebenar.

Anda juga boleh menjemput bapa moyang iman seperti Musa dan rasul Paulus dan beribadat bersama-sama. Namun begitu, anda perlu mempunyai kuasa rohani yang bertaraf sewajarnya untuk menjemput tokoh-tokoh ini.

Mempelajari Rahsia Kerohanian yang Baru dan Mendalam

Anak-anak Tuhan belajar banyak perkara rohani semasa mereka sedang dipersiapkan di dunia, tetapi apa yang mereka pelajari di sini hanyalah satu langkah untuk bersedia ke syurga. Selepas memasuki syurga, mereka akan mula belajar tentang dunia baru.

Contohnya, apabila orang yang percaya kepada Yesus Kristus meninggal dunia, kecuali mereka yang akan ke Yerusalem Baru, akan tinggal di pinggir Firdaus, dan di sana mereka akan belajar etika dan peraturan syurga daripada malaikat.

Sama seperti manusia di bumi ini yang perlu dididik untuk menyesuaikan diri dengan masyarakat semasa mereka membesar, untuk hidup dalam dunia baru di dunia rohani, anda perlu diajarkan dengan terperinci cara-cara hidup di sana.

Ada yang tertanya-tanya mengapa mereka masih perlu belajar di syurga sedangkan mereka telah belajar banyak perkara di dunia. Pembelajaran di bumi ini adalah proses latihan kerohanian, dan pembelajaran sebenar bermula hanya selepas anda masuk ke syurga.

Tiada kesudahan kepada pembelajaran kerana kerajaan Tuhan tiada batasan dan kekal abadi. Tidak kira betapa banyak anda belajar, anda tidak akan lengkap belajar tentang Tuhan yang telah wujud sejak permulaan masa. Anda tidak akan benar-benar mengetahui kedalaman Tuhan yang telah wujud dari awal, yang telah mengawal alam semesta dan segala-gala di dalamnya, dan yang akan kekal selama-lamanya.

Oleh itu, anda akan sedar bahawa banyak perkara perlu dipelajari jika anda masuk ke dunia rohani yang tiada had, dan pembelajaran kerohanian amat menarik dan menyeronokkan, tidak seperti pembelajaran di dunia ini.

Tambahan lagi, pembelajaran kerohanian tidak wajib dan tiada ujian. Anda tidak akan lupa apa yang anda pelajari, jadi ia tidak sukar atau memenatkan. Anda tidak akan pernah bosan atau membuang masa di syurga. Anda akan seronok mempelajari perkara baru dan menakjubkan.

Parti, Jamuan dan Persembahan

Di syurga terdapat banyak jenis parti dan persembahan.

Parti ini adalah puncak keseronokan di syurga. Di sini anda menikmati kegembiraan dan keseronokan melihat kekayaan, kebebasan, kecantikan dan kemuliaan syurga sekilas pandang.

Seperti manusia di bumi ini yang menghias diri dengan cantik untuk menghadiri parti berprestij, dan makan, minum serta menikmati benda-benda terbaik, anda juga akan berparti bersama-sama orang yang berhias indah. Parti ini dipenuhi tarian indah, nyanyian dan gelak ketawa penuh kegembiraan.

Ada tempat seperti Dewan Carnegie di New York atau Rumah Opera Sydney di Australia di mana anda dapat menikmati pelbagai jenis persembahan. Persembahan di syurga bukanlah bersifat menunjuk-nunjuk tetapi hanya memuliakan Tuhan, memberikan kegembiraan kepada Yesus Kristus dan berkongsi dengan orang lain.

Orang yang membuat persembahan lazimnya adalah orang yang banyak memuliakan Tuhan dengan puji-pujian, tarian, alat muzik dan membuat persembahan di bumi ini. Kadangkala mereka mungkin akan memainkan muzik yang mereka persembahkan di bumi. Atau, sesiapa yang berminat membuat persembahan di bumi tetapi tidak berkesempatan, boleh memuji Tuhan dengan lagu baru dan tarian baru di syurga.

Di syurga juga ada pawagam di mana anda dapat menonton wayang. Di Kerajaan Pertama dan Kedua, mereka biasanya menonton wayang di pawagam umum. Di Kerajaan Ketiga dan Yerusalem Baru, setiap penduduk mempunyai kemudahan sendiri di rumah. Mereka dapat menonton wayang sendirian atau menonton bersama orang tersayang sambil makan snek.

Syurga I

Dalam Alkitab, rasul Paulus telah pergi ke Langit Ketiga, tetapi tidak dapat menerangkannya kepada orang lain (2 Korintus 12:4). Sukar untuk membuatkan orang lain faham tentang syurga kerana ia bukan dunia yang kita tahu atau fahami dengan baik. Sebaliknya ada kemungkinan besar orang akan salah faham.

Syurga terletak dalam dunia rohani. Ada banyak perkara yang anda tidak akan faham atau bayangkan di syurga, yang dipenuhi kegembiraan dan keseronokan yang tidak pernah anda rasai di bumi ini.

Tuhan telah menyediakan syurga yang indah untuk anda tinggal, dan Dia menggalakkan anda untuk mendapatkan kelayakan yang sesuai untuk memasukinya, melalui Alkitab.

Oleh itu, saya berdoa dalam nama Yesus Kristus supaya anda dapat menerima Yesus Kristus dengan kegembiraan dan kelayakan yang diperlukan untuk bersedia sebagai pengantin-Nya yang cantik apabila Dia kembali nanti.

Bab 6

Firdaus

1. Keindahan dan Kegembiraan Firdaus
2. Manusia Jenis Apakah yang Pergi ke Firdaus?

Yesus berkata kepadanya,
"Percayalah, pada hari ini
kamu akan bersama-sama Aku di Firdaus."
- Lukas 23:43 -

Semua orang yang percaya bahawa Yesus Kristus adalah Penyelamat peribadi mereka dan orang yang namanya dicatatkan dalam Kitab Orang Hidup akan menikmati kehidupan abadi di syurga. Namun begitu, seperti yang telah saya terangkan, ada beberapa langkah dalam pertumbuhan iman, dan tempat tinggal, mahkota dan ganjaran yang diberikan di syurga bergantung kepada ukuran iman setiap manusia.

Orang yang lebih menyerupai hati Tuhan akan tinggal lebih dekat dengan Takhta Tuhan, dan lebih jauh orang dari Takhta Tuhan, semakin kurang mereka menyerupai hati Tuhan.

Firdaus adalah tempat paling jauh dari Takhta Tuhan dan mempunyai paling kurang cahaya kemuliaan Tuhan, dan aras syurga yang paling rendah. Namun begitu, ia amat indah berbanding bumi ini, malah lebih indah berbanding Taman Eden.

Jadi, bagaimanakah Firdaus dan siapakah yang akan ke sana?

1. Keindahan dan Kegembiraan Firdaus

Kawasan pinggir Firdaus digunakan sebagai Tempat Menunggu sehingga Hari Penghakiman Takhta Putih (Wahyu 20:11-12). Melainkan orang yang telah pergi ke Yerusalem Baru selepas mencapai hati Tuhan, dan membantu kerja Tuhan, orang lain yang diselamatkan menunggu di kawasan pinggir Firdaus.

Jadi anda sedar bahawa Firdaus adalah amat luas dan kawasan di pinggirnya digunakan sebagai Tempat Menunggu untuk ramai orang. Walaupun Firdaus yang luas ini adalah aras syurga yang paling rendah, ia masih lebih indah dan gembira berbanding bumi ini, tempat yang dikutuk Tuhan.

Tambahan lagi, ia tempat di mana manusia yang dipupuk di dunia akan masuk, banyak kegembiraan di sini berbanding Taman Eden iaitu tempat tinggal manusia pertama, Adam.

Sekarang, mari kita lihat keindahan dan kegembiraan Firdaus yang didedahkan dan diberitahukan oleh Tuhan.

Padang Luas Dipenuhi Haiwan dan Tumbuhan

Firdaus adalah seperti padang luas, dan ada banyak plot padang rumput dan taman yang indah. Banyak malaikat yang menjaga tempat ini. Nyanyian burung-burung amat jelas dan indah, dan ia bergema di seluruh Firdaus. Burung-burung ini kelihatan seolah-olah burung di bumi ini, tetapi ia sedikit lebih besar dan memiliki bulu yang lebih cantik. Burung-burung ini bernyanyi dengan merdu dalam kumpulan.

Pokok-pokok dan bunga di taman juga amat segar dan cantik. Pokok dan bunga di bumi ini layu apabila masa berlalu, tetapi pokok sentiasa hijau dan bunga tidak pernah layu di Firdaus. Apabila manusia menghampirinya, bunga akan tersenyum, dan kadangkala ia akan mengeluarkan haruman yang unik dan menyebarkan bau wangi itu sehingga jarak yang jauh.

Pokok-pokok yang segar menghasilkan pelbagai jenis buah. Buah-buahan ini sedikit lebih besar berbanding buah-buahan di dunia. Kulitnya bersinar dan nampak sangat enak dimakan. Anda tidak perlu mengupas kulit buah-buahan kerana tidak ada habuk atau serangga. Betapa indah dan gembiranya di mana manusia duduk di padang yang indah dan berbual-bual, dengan bakul penuh dengan buah-buahan yang sedap dan menyelerakan?

Di padang itu juga terdapat haiwan. Antaranya ada singa yang makan rumput, dengan tenang. Ia jauh lebih besar berbanding singa di bumi, tetapi sama sekali tidak agresif. Singa di sini baik-baik dan sifatnya lembut, serta bersih dan mempunyai bulu yang bersinar.

Sungai Air Kehidupan Mengalir Perlahan

Sungai Air Kehidupan mengalir menyusuri syurga, dari Yerusalem Baru ke Firdaus, dan tidak akan tersejat atau tercemar. Air dari sungai ini asalnya dari Takhta Tuhan dan menyegarkan segala-galanya, mewakili hati Tuhan. Ia merupakan minda yang bersih dan indah, tanpa cela, tanpa kesalahan dan menakjubkan tanpa sebarang kegelapan. Hati Tuhan adalah sempurna dan lengkap dalam segala-galanya.

Sungai Air Kehidupan yang mengalir perlahan seperti air laut yang bersinar pada hari yang cerah dan memantulkan cahaya matahari. Ia amat jernih dan telus dan tidak boleh dibandingkan dengan apa-apa juga takungan air di bumi ini. Dilihat dari jauh, ia kelihatan biru, dan ia seperti laut dalam biru Mediterranean atau Lautan Atlantik.

Ada banyak pantai yang cantik di sepanjang jalan di setiap tebing Sungai Air Kehidupan. Di sekeliling pantai, terdapat pokok yang menghasilkan buah setiap bulan. Buah daripada pokok kehidupan lebih besar berbanding buah-buahan di bumi, bau dan rasanya amat lazat sehinggakan tidak dapat digambarkan. Buah ini cair seperti gula-gula kapas apabila anda memasukkannya ke dalam mulut anda.

Tiada Barangan Milik Sendiri di Firdaus

Manusia di Firdaus memakai pakaian putih yang dikait sehelai, tetapi tidak ada perhiasan seperti kerongsang untuk baju atau mahkota atau sepit untuk rambut. Hal ini kerana mereka tidak melakukan apa-apa untuk kerajaan Tuhan semasa mereka hidup di bumi ini.

Sama juga, memandangkan semua orang yang masuk ke Firdaus tidak mendapat ganjaran, tidak ada rumah sendiri, mahkota, perhiasan, atau malaikat yang diberikan untuk berkhidmat untuk mereka. Hanya ada tempat untuk roh yang tinggal di Firdaus untuk menetap. Mereka tinggal di sini dan berkhidmat sesama sendiri.

Ia serupa dengan Taman Eden di mana tiada rumah sendiri untuk setiap penduduk, tetapi ada perbezaan besar dari segi tahap kegembiraan antara dua tempat ini. Manusia di Firdaus boleh memanggil Tuhan "Abba Bapa" kerana mereka menerima Yesus Kristus dan menerima Roh Kudus, jadi mereka merasakan kegembiraan yang tidak dapat dibandingkan dengan kegembiraan di Taman Eden.

Oleh itu, kelahiran anda ke dunia adalah satu berkat besar dan bernilai, anda mengalami semua perkara baik dan buruk, menjadi anak Tuhan yang benar, dan mempunyai iman.

Firdaus yang Penuh Kegembiraan dan Sukacita

Kehidupan di Firdaus dipenuhi kegembiraan dan sukacita dalam kebenaran kerana kejahatan tidak wujud dan semua orang mahu memberi manfaat kepada orang lain. Tiada sesiapa yang akan mencederakan orang lain dan hanya berkhidmat dengan penuh kasih. Betapa gembiranya hidup sebegini!

Tambahan lagi, kita tidak perlu risau tentang rumah, pakaian dan makanan, dan kenyataan bahawa tiada tangisan, kesedihan, penyakit, kesakitan atau kematian dengan sendirinya merupakan kegembiraan.

> *Dia akan menyapu air mata mereka. Kematian akan tiada lagi, demikian juga kesedihan, tangisan, dan kesakitan. Perkara-perkara lama sudah lenyap* (Wahyu 21:4).

Seperti terdapat ketua-ketua malaikat dalam kalangan semua malaikat, manusia di Firdaus juga ada hierarki, contohnya wakil dan orang yang diwakilkan. Disebabkan perbuatan iman kita berbeza, orang yang mempunyai iman yang lebih tinggi akan dilantik sebagai wakil untuk menjaga sesuatu tempat atau kumpulan.

Mereka akan memakai pakaian berbeza daripada orang biasa di Firdaus dan diberi keutamaan dalam segala-galanya. Hal ini bukanlah sesuatu yang tidak adil, tetapi dilaksanakan mengikut keadilan Tuhan untuk memberikan balasan bagi perbuatan seseorang.

Memandangkan tiada rasa cemburu dan iri hati di syurga,

manusia tidak berasa benci atau tersinggung apabila orang lain mendapat sesuatu yang lebih baik. Sebaliknya, mereka berasa gembira dan seronok melihat orang lain menerima perkara baik.

Anda perlu sedar bahawa Firdaus adalah tempat yang lebih indah dan menggembirakan berbanding bumi ini.

2. Manusia Jenis Apakah yang Pergi ke Firdaus?

Firdaus adalah tempat yang indah yang dicipta dalam kasih dan belas ihsan Tuhan. Ia tempat untuk orang tidak cukup kelayakan untuk dipanggil sebagai anak Tuhan yang benar, tetapi mengenali Tuhan dan percaya kepada Yesus Kristus, dan oleh itu tidak boleh dihantar ke neraka. Jadi, manusia jenis apakah yang akan pergi ke Firdaus?

Bertaubat Sejurus Sebelum Mati

Pertama sekali, Firdaus adalah tempat bagi manusia yang bertaubat sejurus sebelum mati dan menerima Yesus Kristus untuk diselamatkan, seperti penjenayah yang digantung di sebelah Yesus. Jika anda baca Lukas 23:39 dan seterusnya, anda akan dapati dua orang penjenayah telah disalib di sebelah kanan dan kiri Yesus. Seorang penjenayah mengeji Yesus, tetapi penjenayah yang satu lagi menegur penjenayah pertama, bertaubat dan menerima Yesus sebagai Penyelamatnya. Kemudian, Yesus memberitahu penjenayah kedua yang bertaubat bahawa dia telah diselamatkan. Dan Dia berkata kepadanya, "Percayalah, pada hari ini kamu akan bersama-sama Aku di Firdaus." Penjenayah ini hanya menerima Yesus sebagai Penyelamatnya. Dia tidak membuang dosanya atau hidup berdasarkan firman Tuhan. Kerana dia menerima Yesus sejurus sebelum kematiannya, dia tidak mempunyai masa untuk belajar tentang firman Tuhan dan bertindak menurutnya.

Anda perlu sedar bahwa Firdaus adalah untuk orang yang menerima Yesus Kristus, tetapi tidak berbuat apa-apa untuk kerajaan Tuhan, seperti penjenayah yang diceritakan dalam Lukas 23.

Namun, jika anda fikir, 'Saya akan menerima Yesus sejurus sebelum meninggal dunia supaya saya dapat masuk ke Firdaus yang penuh dengan keindahan dan kegembiraan, yang tidak dapat dibandingkan dengan bumi ini' hal ini adalah idea yang salah. Tuhan membenarkan salah seorang daripada penjenayah ini untuk diselamatkan kerana Dia tahu penjenayah ini mempunyai hati yang baik untuk mengasihi Tuhan sehingga ke akhirnya dan tidak akan meninggalkan Yesus jika dia mempunyai masa untuk terus hidup.

Walau bagaimanapun, bukan semua orang dapat menerima Yesus Kristus sejurus sebelum kematian, dan iman tidak dapat diberikan dalam sekelip mata. Jadi, anda perlu sedar bahawa kejadian seperti ini amat jarang, di mana penjenayah di sebelah Yesus diselamatkan sejurus sebelum kematiannya.

Tempat ini juga untuk orang yang menerima penyelamatan yang memalukan yang masih mempunyai kejahatan dalam hati mereka walaupun mereka telah diselamatkan, kerana mereka menjalani hidup dengan sesuka hati mereka.

Mereka akan bersyukur kepada Tuhan selama-lamanya

hanya kerana mereka dapat masuk ke Firdaus dan menikmati kehidupan abadi hanya dengan menerima Yesus Kristus sebagai Penyelamat, walaupun mereka tidak melakukan apa-apa dengan iman di bumi ini.

Firdaus berbeza daripada Yerusalem Baru di mana Takhta Tuhan berada, tetapi kenyataan bahawa mereka tidak masuk ke neraka dan telah diselamatkan sudah membuatkan mereka berasa gembira dan seronok.

Kurang Pertumbuhan Iman Rohani

Kedua, walaupun manusia telah menerima Yesus Kristus dan mempunyai iman, mereka menerima penyelamatan yang memalukan dan masuk ke Firdaus jika tiada pertumbuhan dalam iman mereka. Bukan hanya orang yang baru percaya malah juga orang yang telah percaya buat jangka masa yang lama akan pergi ke Firdaus jika iman mereka kekal pada tahap pertama sepanjang masa.

Tuhan pernah membenarkan saya mendengar pengakuan seorang yang percaya yang telah beriman untuk tempoh lama, dan kini tinggal di Tempat Menunggu di syurga, di pinggir Firdaus.

Dia dilahirkan dalam keluarga yang sama sekali tidak mengenal Tuhan dan menyembah berhala, dan dia mula menjalani kehidupan Kristian kemudiannya dalam hidupnya. Namun, memandangkan dia tidak mempunyai iman yang benar, dia masih hidup dalam sempadan dosa dan hilang penglihatan sebelah mata. Dia menyedari tentang iman yang benar selepas membaca buku testimoni saya bertajuk Merasai Kehidupan

Abadi Sebelum Mati, kemudian mendaftar di gereja ini dan masuk ke syurga selepas dia menjalani kehidupan Kristian di gereja ini.

Saya dapat mendengar pengakuannya yang penuh kegembiraan kerana diselamatkan, kerana dia masuk ke Firdaus selepas menderitai banyak kesedihan, kesakitan dan penyakit semasa hayatnya di bumi ini.

> "Saya berasa amat bebas dan gembira datang ke sini selepas meninggalkan tubuh fizikal saya. Saya tidak faham mengapa saya cuba bergantung kepada perkara-perkara fizikal. Semua itu adalah tidak bermakna. Kebergantungan kepada perkara fizikal adalah sangat tidak bermakna kerana saya datang ke sini selepas meninggalkan tubuh fizikal.
>
> Semasa hayat di bumi, banyak masa gembira dan bersyukur, kekecewaan dan kesedihan. Di sini, apabila melihat diri saya dalam keselesaan dan kegembiraan, saya diingatkan tentang masa saya cuba bergantung kepada hidup yang tidak bermakna dan kekal dalam kehidupan tidak bermakna itu. Tetapi jiwa saya tidak kekurangan apa-apa sekarang kerana saya berada di tempat selesa ini, dan kenyataan bahawa saya dapat berada di tempat penyelamatan memberikan saya sukacita yang besar.
>
> Saya berasa amat selesa di tempat. Saya berasa amat selesa kerana saya meninggalkan tubuh fizikal, dan saya berasa gembira kerana berada di tempat yang aman ini selepas kehidupan yang memenatkan di

bumi. Saya tidak tahu sebelumnya bahawa gembira rasanya meninggalkan perkara fizikal, tetapi saya amat tenang dan gembira sekarang kerana telah meninggalkan perkara fizikal dan datang ke sini.

Tidak dapat melihat, berjalan dan melakukan banyak perkara merupakan cabaran fizikal buat saya dahulu, tetapi saya berasa gembira dan bersyukur dapat selepas saya menerima kehidupan abadi dan datang ke sini kerana saya rasa saya dapat berada di sini disebabkan perkara-perkara tersebut.

Saya tidak berada di Kerajaan Pertama, Kerajaan Kedua, Kerajaan Ketiga atau Yerusalem Baru. Saya hanya berada di Firdaus tetapi saya berasa amat bersyukur dan gembira berada di Firdaus.

Jiwa saya puas hati untuk hal ini.
Jiwa saya memuji untuk hal ini.
Jiwa saya gembira untuk hal ini.
Jiwa saya bersyukur untuk hal ini.

Saya berasa gembira dan bersyukur kerana saya telah menamatkan hidup yang kekurangan dan mendukacitakan, dan datang ke sini menikmati kehidupan yang selesa ini."

Mundur dalam Iman Disebabkan Ujian

Terdapat sesetengah orang yang pada mulanya beriman tetapi dengan perlahan-lahan iman mereka menjadi malap disebabkan sebab-sebab tertentu, dan mereka ini hampir-hampir tidak diselamatkan.

Seorang lelaki yang merupakan pemimpin di gereja saya berkhidmat dengan setia dalam banyak kerja gereja. Secara luaran, imannya nampak hebat, tetapi pada suatu hari dia tiba-tiba sakit teruk. Dia tidak mampu bercakap dan datang menerima doa saya. Saya tidak berdoa untuk penyembuhan, sebaliknya saya berdoa supaya dia menerima penyelamatan. Pada waktu itu, jiwanya sangat menderita akibat ketakutan akan pertarungan antara malaikat-malaikat yang cuba membawanya ke syurga dan roh-roh jahat yang cuba mengheretnya ke neraka. Sekiranya dia memiliki iman yang cukup untuk diselamatkan, roh-roh jahat tersebut tidak akan datang untuk mengambilnya. Dengan serta merta, saya berdoa untuk mengusir roh-roh jahat itu, dan berdoa kepada Tuhan supaya Dia menerima lelaki itu. Sejurus selepas doa, dia terus tenang dan mengalirkan air mata. Dia bertaubat sejurus sebelum dia meninggal dunia dan hampir-hampir tidak diselamatkan.

Begitu juga, walaupun anda telah menerima Roh Kudus dan dilantik sebagai diaken atau pemimpin gereja, adalah memalukan di mata Tuhan untuk hidup dalam dosa. Jika anda tidak berpaling daripada kehidupan rohani yang malap ini, Roh Kudus akan hilang perlahan-lahan, dan anda tidak akan diselamatkan.

Aku mengetahui apa yang kamu lakukan. Aku tahu bahawa kamu tidak sejuk dan tidak panas juga. Alangkah baiknya jika kamu salah satu daripadanya. Tetapi kerana kamu suam-suam kuku, Aku akan meludahkan kamu (Wahyu 3:15-16).

Oleh itu, anda perlu sedar bahawa masuk ke Firdaus adalah penyelamatan yang memalukan, dan anda perlu lebih bersemangat dan bertenaga untuk mematangkan iman anda.

Dahulu, lelaki yang sama pernah menjadi sihat setelah menerima doa daripada saya dan isterinya juga pernah hidup kembali daripada ambang kematian melalui doa saya. Dengan mendengar firman kehidupan, keluarganya yang dahulu mengalami pelbagai masalah berubah menjadi keluarga yang bahagia. Semenjak itu, dia matang menjadi seorang pekerja Tuhan yang bersungguh-sungguh dalam usaha serta setia dalam tugasnya.

Walau bagaimanapun, apabila gereja menghadapi cabaran, dia tidak cuba untuk mempertahankan atau melindungi gereja sebaliknya membenarkan pemikirannya dikawal oleh Iblis. Kata-kata yang keluar dari mulutnya membentuk tembokdosa yang besar antara dirinya dengan Tuhan. Akhirnya, dia tidak mendapat perlindungan Tuhan dan ditimpa penyakit yang serius.

Sebagai seorang pekerja Tuhan, Dia tidak sepatutnya melihat atau mendengar perkara yang bertentangan dengan kebenaran dan kehendak Tuhan, sebaliknya ingin mendengar perkara-perkara tersebut dan juga menyebarkannya. Tuhan hanya memalingkan muka-Nya daripada lelaki itu kerana lelaki itu telah berpaling tadah daripada kurnia besar Tuhan yang telah menyembuhkan penyakitnya yang serius.

Oleh itu, ganjarannya hancur dan dia tidak berdaya lagi untuk berdoa. Imannya mundur sehingga ke tahap di mana dia tidak lagi pasti akan diselamatkan. Syukurlah, Tuhan mengingati khidmatnya untuk gereja pada masa lalu. Jadi dia dapat menerima penyelamatan yang memalukan memandangkan Tuhan memberikannya kurnia untuk bertaubat bagi kesilapannya yang lalu.

Penuh Kesyukuran kerana Diselamatkan

Jadi apakah jenis pengakuan yang akan dilakukannya setelah diselamatkan dan dihantar ke Firdaus? Kerana dia diselamatkan di persimpangan syurga dan neraka, saya dapat mendengar dia membuat pengakuan dengan ketenangan sebenar.

> "Saya diselamatkan begini. Walaupun saya berada di Firdaus, saya berpuas hati kerana saya dibebaskan daripada semua ketakutan dan kesusahan. Roh saya, yang mungkin telah pergi kepada kegelapan, telah masuk ke dalam cahaya yang indah dan selesa ini."

Betapa gembiranya dia apabila dibebaskan daripada ketakutan neraka! Namun, memandangkan dia diselamatkan dengan malu sebagai pemimpin gereja, Tuhan membenarkan saya mendengar doa pertaubatannya semasa dia tinggal di Kubur Atas sebelum pergi ke Tempat Menunggu di Firdaus. Dia bertaubat atas segala dosanya di sana juga, dan mengucapkan terima kasih kepada saya kerana berdoa untuknya. Dia juga berjanji kepada Tuhan untuk terus berdoa bagi gereja dan saya, di mana dia telah berkhidmat, sehingga dia berjumpa sekali lagi di syurga.

Sejak permulaan pemupukan manusia di bumi ini, ramai

orang telah mendapat kelayakan untuk masuk ke Firdaus berbanding jumlah orang lain yang dapat masuk ke tempat lain di syurga.

Orang yang diselamatkan sipi-sipi dan masuk ke Firdaus amat bersyukur dan gembira kerana dapat menikmati keselesaan dan berkat Firdaus kerana mereka tidak dihumban ke neraka walaupun tidak menjalani kehidupan Kristian yang sepatutnya di bumi.

Namun begitu, kegembiraan di Firdaus tidak dapat dibandingkan dengan kegembiraan di Yerusalem Baru, dan ia juga berbeza dengan kegembiraan pada tahap seterusnya, iaitu Kerajaan Pertama syurga. Oleh itu, anda perlu sedar bahawa apa yang lebih penting untuk Tuhan bukanlah berapa tahun anda telah beriman, tetapi sikap dalaman hati anda terhadap Tuhan dan bertindak menurut kehendak Tuhan.

Hari ini, ramai orang terlibat dan hidup dalam dosa walaupun pada masa yang sama mengakui telah menerima Roh Kudus. Mereka menerima penyelamatan yang sipi-sipi dan masuk ke Firdaus, atau akhirnya akan jatuh ke dalam kematian iaitu neraka kerana Roh Kudus dalam diri mereka akan lenyap.

Atau sesetengah orang percaya yang sipi-sipi menjadi bongkak apabila mendengar dan belajar banyak firman Tuhan, dan menghakimi serta menuduh orang percaya yang lain walaupun mereka telah menjalani kehidupan Kristian untuk jangka masa yang lama. Tidak kira betapa teruja dan setia mereka tentang pelayanan Tuhan, ia tidak bermakna jika mereka tidak menyedari kejahatan dalam hati mereka dan menyingkirkan dosa.

Oleh itu, saya berdoa dalam nama Yesus Kristus agar anda, anak Tuhan yang telah menerima Roh Kudus, menyingkirkan dosa dan semua jenis kejahatan untuk berusaha bertindak hanya menurut firman Tuhan.

Bab 7

Kerajaan Pertama Syurga

1. Keindahan dan Kegembiraannya Melebihi Firdaus
2. Manusia Jenis Apakah yang Pergi ke Kerajaan Pertama?

*Setiap ahli sukan
yang sedang menjalani
latihan harus mematuhi disiplin yang ketat.
Dia melakukannya kerana dia ingin
mendapat hadiah kejuaraan,
walaupun hadiah itu akan rosak.
Kita pun seperti ahli sukan
yang mematuhi disiplin
yang ketat supaya mendapat hadiah kejuaraan
yang tidak akan rosak.*

- 1 Korintus 9:25 -

Firdaus adalah tempat untuk orang yang telah menerima Yesus Kristus tetapi tidak melakukan apa-apa dengan iman mereka. Ia adalah tempat yang lebih indah dan menggembirakan berbanding bumi ini. Jadi, betapa lebih cantik Kerajaan Pertama syurga, iaitu tempat untuk orang yang cuba hidup berlandaskan firman Tuhan?

Kerajaan Pertama adalah lebih dekat dengan Takhta Tuhan berbanding Firdaus. tetapi masih ada banyak tempat yang lebih baik di syurga. Namun begitu, orang yang masuk ke Kerajaan Pertama akan berpuas hati dengan apa yang diberikan kepada mereka dan berasa gembira. Ia seperti ikan emas yang berpuas hati tinggal dalam akuarium ikan, dan tidak mahukan apa-apa lagi.

Anda akan melihat dengan terperinci apakah itu Kerajaan Pertama syurga, yang satu tingkat lebih tinggi berbanding Firdaus, dan siapakah yang akan masuk ke sana.

1. Keindahan dan Kegembiraannya Melebihi Firdaus

Memandangkan Firdaus adalah tempat untuk orang yang tidak melakukan apa-apa dengan iman mereka, mereka tidak akan mendapat harta peribadi sebagai ganjaran. Namun dari Kerajaan Pertama dan ke atas, harta peribadi seperti rumah dan mahkota diberikan sebagai ganjaran.

Dalam Kerajaan Pertama, seseorang tinggal dalam rumahnya

sendiri dan menerima mahkota yang akan kekal selama-lamanya. Ini suatu kemuliaan di mana seseorang memiliki rumah sendiri di syurga, jadi setiap orang dalam Kerajaan Pertama merasakan kegembiraan yang tidak dapat dibandingkan dengan Firdaus.

Rumah Peribadi yang Dihias Cantik

Rumah peribadi di Kerajaan Pertama bukanlah rumah berasingan tetapi menyerupai pangsapuri atau flat di bumi ini. Namun begitu, ia bukanlah dibina dengan simen atau batu-bata, tetapi dengan bahan syurga yang indah seperti emas dan permata.

Rumah-rumah ini tidak mempunyai tangga, tetapi lif yang cantik. Di dunia, anda perlu menekan butang, tetapi di syurga, lif akan naik ke aras yang anda mahukan secara automatik.

Bagi orang yang pernah naik ke syurga, ada yang mengakui melihat pangsapuri di syurga, dan hal ini adalah kerana mereka melihat Kerajaan Pertama syurga. Rumah jenis pangsapuri ini mempunyai segala-gala yang diperlukan untuk hidup, jadi tiada langsung ketidakselesaan.

Ada alat muzik bagi orang yang suka muzik, jadi mereka dapat bermain alat muzik, dan buku bagi orang yang suka membaca. Semua orang mempunyai ruang peribadi di mana dia dapat berehat, dan ia amat selesa.

Dengan cara ini, persekitaran Kerajaan Pertama diciptakan mengikut keinginan pemiliknya. Ia tempat yang lebih indah dan gembira berbanding Firdaus, dan dipenuhi keseronokan dan keselesaan yang anda tidak pernah alami di bumi ini.

Taman, Tasik dan Kolam Renang Awam, dan sebagainya

Memandangkan rumah di Kerajaan Pertama bukanlah rumah-rumah tunggal, di sini disediakan taman, tasik, kolam renang dan padang golf. Sama seperti manusia di bumi ini yang tinggal di pangsapuri, berkongsi taman awam, gelanggang tenis atau kolam renang.

Kemudahan awam ini tidak akan menjadi buruk atau rosak, dan malaikat sentiasa menjaganya dengan rapi. Malaikat membantu manusia menggunakan kemudahan ini, jadi tiada ketidakselesaan walaupun semuanya adalah harta benda awam.

Di Firdaus tiada malaikat yang berkhidmat, tetapi manusia boleh mendapatkan bantuan malaikat di Kerajaan Pertama. Jadi mereka merasai jenis kegembiraan yang berlainan di sini. Walaupun malaikat tidak dimiliki oleh sesiapa secara peribadi, ada malaikat yang menjaga kemudahan awam ini.

Contohnya, jika anda mahu makan buah sambil berbual dengan orang tersayang ketika duduk di atas bangku emas berdekatan Sungai Air Kehidupan, malaikat akan segera membawakan buah-buahan dan melayan anda dengan sopan. Kerana ada malaikat yang membantu anak-anak Tuhan, kegembiraan dan keseronokan yang dirasai di sini berbeza dengan Firdaus.

Kerajaan Pertama Lebih Hebat Berbanding Firdaus

Warna dan bau bunga, serta sinar dan keindahan bulu haiwan di sini pun berbeza daripada Firdaus. Hal ini kerana Tuhan telah menyediakan segala-galanya menurut tahap iman manusia di setiap tempat tinggal di syurga.

Manusia di bumi pun mempunyai tahap kecantikan yang berbeza. Pakar bunga contohnya, akan menilai kecantikan sekuntum bunga berdasarkan banyak kriteria. Di syurga, bau bunga di setiap tempat tinggal di syurga adalah berbeza. Walaupun dalam ruang yang sama, setiap bunga mempunyai bau yang unik.

Tuhan telah menciptakan bunga sebegini supaya manusia di Kerajaan Pertama akan berasa seronok apabila mereka menghidu bau bunga. Tentu sekali, buah-buahan mempunyai rasa yang berbeza di tempat yang berbeza di syurga. Tuhan juga menyediakan warna dan bau setiap buah mengikut tahap setiap tempat tinggal.

Bagaimana anda bersedia untuk menerima dan melayan tetamu yang penting? Anda akan cuba menyesuaikan dengan citarasa tetamu dan cuba menggembirakan hatinya.

Begitu juga, Tuhan menyediakan segala-galanya dengan begitu teliti supaya anak-anak-Nya berasa puas hati dalam semua aspek.

2. Manusia Jenis Apakah yang Pergi ke Kerajaan Pertama?

Firdaus adalah tempat di syurga untuk manusia yang mempunyai tahap iman pertama, diselamatkan kerana mempercayai Yesus Kristus, tetapi tidak melakukan apa-apa untuk kerajaan Tuhan. Jadi, siapakah yang akan masuk ke Kerajaan Pertama syurga di aras lebih tinggi daripada Firdaus dan menikmati kehidupan abadi di sana?

Manusia yang Cuba Hidup Berdasarkan Firman Tuhan

Kerajaan Pertama adalah tempat untuk orang yang telah menerima Yesus Kristus dan cuba hidup berdasarkan firman Tuhan. Orang yang telah menerima Yesus Kristus datang ke gereja setiap Ahad dan mendengar firman Tuhan, tetapi mereka tidak faham apakah itu dosa, mengapa mereka harus berdoa, dan mengapa mereka perlu menyingkirkan dosa. Begitu juga, orang yang berada pada tahap iman pertama telah merasai kegembiraan kasih pertama dilahirkan oleh air dan Roh Kudus, tetapi tidak mengetahui apakah itu dosa dan masih belum mengetahui dosa mereka.

Namun begitu, jika anda mencapai tahap iman kedua, anda menyedari dosa dan kebenaran dengan bantuan Roh Kudus. Jadi anda cuba untuk hidup berdasarkan firman Tuhan, tetapi anda tidak dapat melakukannya dengan serta-merta. Sama seperti bayi yang pertama kali belajar berjalan: dia akan berjalan dan jatuh berulang-ulang kali.

Kerajaan Pertama adalah tempat untuk orang jenis ini, yang cuba hidup berdasarkan firman Tuhan, dan mereka akan diberikan mahkota keabadian. Seperti atlet yang perlu bermain mengikut peraturan permainan (2 Timotius 2:5-6), anak-anak Tuhan perlu berjuang bagi iman berdasarkan kebenaran. Jika anda tidak mengendahkan peraturan dunia rohani, iaitu hukum Tuhan, seperti atlet yang tidak menurut peraturan permainan, anda akan mempunyai iman yang mati. Jadi, anda tidak akan dianggap sebagai peserta dan tidak akan diberikan mahkota.

Bagi semua orang di Kerajaan Pertama, mahkota akan diberikan kerana mereka telah cuba hidup berdasarkan firman Tuhan, walaupun perbuatan mereka tidak mencukupi. Walau bagaimanapun, hal ini masih lagi dianggap penyelamatan yang memalukan. Hal ini demikian kerana mereka tidak hidup berdasarkan firman Tuhan dengan sepenuhnya, walaupun mereka mempunyai iman untuk mencapai Kerajaan Pertama.

Penyelamatan Memalukan jika Pekerjaan Terbakar

Apakah maksud sebenar "penyelamatan yang memalukan"? Dalam 1 Korintus 3:12-15, anda dapat lihat pekerjaan yang dibina oleh seseorang boleh jadi kekal atau terbakar.

> *Ada orang yang menggunakan emas, perak, atau batu permata untuk mendirikan bangunan di atas asas itu. Ada juga orang yang menggunakan kayu, rumput kering ataupun jerami. Tetapi mutu kerja setiap orang akan kelihatan pada hari Kristus datang kembali, kerana pada hari itu api akan menyatakan kerja setiap orang. Api akan menguji dan menentukan mutu kerja setiap orang. Jika apa yang didirikan di atas asas itu tahan api, pembinanya akan menerima pahala. Tetapi jika kerja seseorang terbakar, dia akan rugi. Dia sendiri akan selamat, seperti orang yang melepaskan diri daripada api.*

"Asas" di sini merujuk kepada Yesus Kristus dan bermaksud bahawa apa-apa sahaja yang anda bina di atas asas ini, kerja anda akan diperlihatkan melalui ujian seperti api.

Kerja orang yang mempunyai iman seperti emas, perak atau batu permata, akan kekal dalam api ujian kerana mereka bertindak mengikut firman Tuhan. Sebaliknya, kerja orang yang mempunyai iman seperti kayu, jerami atau rumput kering, akan terbakar dalam api ujian kerana mereka tidak bertindak mengikut firman Tuhan.

Oleh itu, untuk mengelaskan hal ini menurut ukuran iman, emas adalah ukuran iman kelima (paling tinggi), perak keempat, batu permata ketiga, kayu kedua, dan jerami pertama (paling rendah). Kayu dan jerami mempunyai kehidupan, dan iman seperti kayu bermaksud seseorang mempunyai iman yang hidup tetapi lemah. Jerami walau bagaimanapun adalah kering dan tidak mempunyai kehidupan, dan ia merujuk kepada orang yang tidak mempunyai apa-apa iman.

Oleh itu, orang yang langsung tidak mempunyai iman tidak mempunyai kaitan langsung dengan penyelamatan. Kayu dan jerami, yang kerjanya akan dibakar api ujian, termasuk dalam penyelamatan yang memalukan. Tuhan akan mengakui iman emas, perak atau batu permata, tetapi bukan iman kayu dan jerami.

Iman tanpa Perbuatan adalah Iman yang Mati

Mungkin ada yang terfikir, "Saya sudah lama menjadi orang Kristian, jadi tentu saya sudah lulus ujian tahap iman pertama, dan sekurang-kurangnya saya boleh masuk Kerajaan Pertama." Namun begitu, jika anda benar-benar beriman, anda akan hidup berdasarkan firman Tuhan. Jika anda melanggar hukum dan tidak menyingkirkan dosa, Kerajaan Pertama, mungkin juga Firdaus, tidak akan dapat anda capai.

Alkitab bertanya anda dalam Yakobus 2:14, *"Saudara-saudaraku! Tidak ada gunanya seorang Kristian berkata, 'Saya beriman,' jika perbuatannya tidak membuktikan imannya. Iman semacam itu tidak dapat menyelamatkan dia."* Jika anda tiada perbuatan, anda tidak akan diselamatkan. Iman tanpa perbuatan adalah iman yang mati. Jadi orang yang tidak menentang dosa tidak dapat diselamatkan, kerana mereka sama seperti orang yang menerima wang emas dan menyimpannya dalam sapu tangan (Lukas 19:20-26).

"Wang emas" di sini merujuk kepada Roh Kudus. Tuhan memberikan Roh Kudus sebagai hadiah bagi manusia yang membuka hati mereka dan menerima Yesus Kristus sebagai Penyelamat peribadi mereka. Roh Kudus membolehkan anda mengenali dosa, kebenaran, dan penghakiman, dan membantu anda untuk diselamatkan dan masuk ke syurga.

Jika anda mengakui percaya kepada Tuhan tetapi tidak menyunatkan hati dengan tidak mengikut keinginan Roh Kudus atau tidak bertindak menurut kebenaran, Roh Kudus akan meninggalkan hati anda. Sebaliknya, jika anda menyingkirkan dosa dan bertindak mengikut firman Tuhan dengan bantuan Roh Kudus, anda akan menyerupai hati Yesus Kristus, yang merupakan kebenaran itu sendiri.

Oleh itu, anak-anak Tuhan yang telah menerima Roh Kudus sebagai hadiah patut menyucikan hati mereka dan menghasilkan buah Roh Kudus untuk mendapatkan penyelamatan yang sempurna.

Setia Secara Fizikal tetapi tidak Disunatkan Secara Rohani

Tuhan pernah mendedahkan kepada saya seorang anggota gereja yang telah meninggal dunia dan masuk ke Kerajaan Pertama, dan Dia menunjukkan kepada saya kepentingan iman yang disertai perbuatan. Lelaki ini adalah anggota Jabatan Kewangan gereja selama 18 tahun tanpa khianat dalam hatinya. Dia juga setia dalam kerja Tuhan yang lain dan diberikan jawatan pemimpin. Dia cuba mendapatkan hasil dalam pelbagai cara dan memuliakan Tuhan, dan sering bertanya kepada dirinya, 'Bagaimana saya dapat mencapai kerajaan Tuhan dengan lebih baik?'

Namun begitu, dia tidak berjaya kerana kadangkala dia memalukan Tuhan dengan tidak mengikuti jalan yang benar disebabkan pemikirannya yang bersifat badaniah dan hatinya yang sering mementingkan diri sendiri. Dia juga menyatakan perkara-perkara yang tidak jujur, menjadi marah dengan orang lain, dan mengingkari firman Tuhan dalam pelbagai aspek.

Dalam kata lain, kerana dia setia secara fizikal tetapi tidak menyunatkan hatinya – iaitu perkara paling penting – dia kekal pada tahap kedua iman. Tambahan pula, jika masalah kewangan dan hubungan peribadinya berlarutan, dia tidak akan berpegang pada iman tetapi mencemarinya dengan ketidakbenaran.

Akhirnya, disebabkan pengurangan imannya menyebabkan dia mungkin tidak dapat masuk Firdaus, Tuhan memanggil jiwanya pada masa yang tepat.

Melalui komunikasi rohani selepas kematiannya, dia menyatakan rasa syukurnya dan bertaubat berulang kali. Dia bertaubat kerana telah mengguris hati pendeta lain dengan tidak menurut kebenaran, menyebabkan orang lain menjauh, menyinggung perasaan orang lain, dan tidak bertindak walaupun selepas mendengar firman Tuhan. Dia juga menyatakan bahawa dia selalu berasakan tekanan kerana dia tidak bertaubat dengan sepenuhnya berkenaan kesalahannya semasa di dunia ini, tetapi sekarang dia berasa gembira kerana dapat mengakui kesilapannya.

Dia juga bersyukur kerana tidak masuk ke Firdaus sebagai seorang pemimpin. Sebagai seorang pemimpin, memang memalukan baginya berada di Kerajaan pertama, tetapi dia berasa lebih gembira kerana Kerajaan Pertama lebih mulia berbanding Firdaus.

Oleh itu, anda patut sedar bahawa perkara paling penting adalah menyunatkan hati dan bukannya mementingkan kesetiaan fizikal dan pangkat.

Tuhan Memimpin Anak-anak-Nya ke Syurga yang lebih Baik melalui Ujian

Seperti atlet yang perlu berlatih dengan tekun dan memakan masa yang lama untuk latihan bagi memenangi sesuatu pertandingan, anda juga perlu berhadapan dengan ujian untuk mendapatkan tempat tinggal yang lebih baik di syurga. Tuhan membenarkan ujian ke atas anak-anak-Nya untuk memimpin mereka ke tempat yang lebih baik di syurga, dan ujian boleh dibahagikan kepada tiga kategori.

Pertama, ujian untuk menyingkirkan dosa. Untuk menjadi

anak Tuhan yang benar, anda perlu menentang dosa ke tahap menumpahkan darah supaya anda dapat menyingkirkan dosa sepenuhnya. Namun begitu, Tuhan kadangkala menghukum anak-Nya kerana mereka tidak menyingkirkan dosa tetapi terus hidup dalam dosa (Ibrani 12:6). Seperti ibu bapa yang kadangkala menghukum anak-anak untuk memimpin mereka ke jalan yang benar, Tuhan kadangkala membenarkan ujian kepada anak-anak-Nya supaya mereka menjadi sempurna.

Kedua, ada ujian untuk menjadikan anda bekas yang sempurna dan memberikan berkat. Daud, walaupun semasa masih remaja, menyelamatkan dombanya dengan membunuh beruang atau singa yang menerkam kawanan dombanya. Dia mempunyai iman yang begitu besar sehingga mampu mengalahkan Goliat, yang ditakuti seluruh anggota tentera Israel, dengan ali-ali dan batu, dengan hanya bergantung kepada Tuhan. Sebab dia masih menerima ujian, iaitu dikejar oleh Raja Saul, adalah kerana Tuhan mahu menjadikan Daud satu bekas yang besar dan raja yang agung.

Ketiga, ada ujian untuk menghentikan kelekaan kerana manusia mungkin akan jauh daripada Tuhan jika mereka dalam keadaan aman. Contohnya, ada sesetengah orang yang setia dengan kerajaan Tuhan, dan sebagai balasan menerima berkat dari segi kewangan. Mereka kemudian berhenti berdoa dan semangat mereka terhadap Tuhan mula luput. Jika Tuhan membiarkan mereka begitu, mereka mungkin akan jatuh ke dalam kematian. Jadi, Dia memberikan ujian kepada mereka supaya mereka sedar semula.

Anda perlu menyingkirkan semua dosa, bertindak dalam kebenaran, dan menjadi bekas yang sempurna di mata Tuhan dan menyedari hati Tuhan yang memberikan ujian iman. Saya berharap anda akan menerima berkat yang menakjubkan yang telah disediakan oleh Tuhan untuk anda.

Ada yang mungkin berkata, "Saya mahu berubah, tetapi ia tidaklah mudah walaupun saya sudah mencuba." Namun begitu dia menyatakan sedemikian bukan kerana benar-benar sukar untuk berubah, tetapi sebenarnya dia kurang kesediaan dan semangat untuk berubah jauh di lubuk hatinya.

Jika anda benar-benar menyedari firman Tuhan secara rohani dan cuba berubah dari dalam hati anda, anda akan berubah dengan cepat kerana Tuhan memberikan anda kurnia dan kekuatan untuk berbuat demikian. Roh Kudus, tentu sekali, akan membantu anda juga. Jika anda hanya mengetahui firman Tuhan sebagai satu pengetahuan tetapi tidak bertindak seadanya, anda akhirnya akan menjadi bangga dan bongkak, dan sukar untuk anda diselamatkan.

Oleh itu, saya berdoa dalam nama Yesus Kristus supaya anda tidak hilang semangat dan kegembiraan kasih pertama, dan terus menurut keinginan Roh Kudus supaya anda akan mendapat tempat yang lebih baik di syurga.

Bab 8

Kerajaan Kedua Syurga

1. Rumah Peribadi Indah Diberikan kepada Setiap Orang
2. Manusia Jenis Apakah yang Pergi ke Kerajaan Kedua?

Aku meminta perhatian pemimpin-pemimpin jemaah di kalangan kamu. Aku juga pemimpin jemaah dan aku sudah menyaksikan penderitaan Kristus. Aku akan turut dimuliakan apabila kemuliaan Kristus dinyatakan kepada manusia.

Aku menggesa kamu supaya kamu menjaga jemaah yang diberikan oleh TUHAN kepada kamu, seperti gembala menjaga kawanan domba. Jagalah jemaah dengan senang hati sebagaimana yang dikehendaki oleh TUHAN. Janganlah lakukan tugas itu dengan berat hati. Jangan lakukan pekerjaan kamu hanya untuk mendapat upah, tetapi lakukannya kerana kamu sungguh-sungguh ingin melakukannya.

Janganlah bertindak sebagai penguasa terhadap orang yang dipercayakan kepada kamu, tetapi jadilah teladan kepada mereka. Apabila Gembala Agung itu datang kelak, kamu akan menerima mahkota yang mulia dan kekal.

- 1 Petrus 5:1-4 -

Tidak kira berapa banyak anda mendengar tentang syurga, ia tidak akan berguna jika anda tidak menyedarinya dalam hati, kerana anda tidak dapat mempercayainya. Sama seperti burung yang merampas sebiji benih yang ditabur di atas batas, Iblis akan merampas firman tentang syurga daripada anda (Matius 13:19).

Sebaliknya, jika anda mendengar tentang syurga dan berpegang kepadanya, anda akan hidup dalam iman dan pengharapan, dan membuahkan hasil, iaitu hasil sebanyak 30, 60 atau 100 kali ganda lebih daripada apa yang ditabur. Oleh sebab anda dapat bertindak menurut firman Tuhan, anda bukan hanya dapat memenuhi tanggungjawab malah dapat disucikan dan setia dalam semua rumah Tuhan. Jadi, apakah itu Kerajaan Kedua dan siapakah yang akan ke sana?

1. Rumah Peribadi Indah Diberikan kepada Setiap Orang

Saya telah menerangkan bahawa orang yang masuk ke Firdaus atau Kerajaan Pertama mendapat penyelamatan yang memalukan kerana kerja mereka tidak dapat bertahan dalam api ujian. Namun begitu, orang yang masuk ke Kerajaan Kedua mempunyai jenis iman yang dapat bertahan dalam api ujian, dan menerima ganjaran yang tidak dapat dibandingkan dengan orang yang masuk ke Firdaus atau Kerajaan Pertama, menurut keadilan Tuhan yang memberi ganjaran kepada apa yang ditabur.

Jika kegembiraan manusia yang pergi ke Kerajaan Pertama

dapat dibandingkan dengan kegembiraan seekor ikan emas di dalam akuarium ikan, kegembiraan orang yang pergi ke Kerajaan Kedua dapat dibandingkan dengan kegembiraan seekor ikan paus di Lautan Pasifik yang luas.

Sekarang, mari kita lihat ciri-ciri Kerajaan Kedua, dan memberi tumpuan kepada rumah dan kehidupan di sana.

Rumah Peribadi Satu Tingkat yang Diberikan kepada Setiap Orang

Rumah di Kerajaan Pertama adalah seperti pangsapuri, tetapi rumah di Kerajaan Kedua adalah rumah peribadi satu tingkat. Rumah di Kerajaan Kedua tidak dapat dibandingkan dengan mana-mana rumah yang cantik atau kotej atau rumah percutian musim panas di dunia. Rumah di sana besar, cantik dan dihias indah dengan bunga dan pepohon.

Jika anda masuk ke Kerajaan Kedua, anda akan diberikan rumah serta benda-benda yang anda paling suka. Jika anda mahukan kolam renang, anda akan diberikan kolam yang dihias cantik dengan emas dan segala jenis permata. Jika anda mahukan tasik, anda akan diberikan tasik. Jika anda mahukan dewan besar, anda akan diberikan dewan besar juga. Jika anda suka berjalan kaki, anda akan diberikan jalan yang cantik yang dipenuhi bunga dan tumbuhan di sekitarnya di mana banyak haiwan bermain-main.

Namun begitu, jika anda mahukan semuanya iaitu kolam renang, tasik, dewan besar, jalan dan sebagainya, anda hanya akan diberikan satu sahaja perkara yang anda paling suka. Oleh sebab benda yang dimiliki oleh setiap orang di Kerajaan Kedua adalah tidak sama, manusia di sini melawat rumah orang lain dan berseronok bersama-sama dengan apa yang mereka ada.

Jika seseorang mempunyai dewan besar dan tiada kolam renang tetapi mahu berenang, dia boleh pergi ke rumah jirannya yang mempunyai kolam renang dan berseronok di sana. Di syurga, manusia saling melayani, dan mereka tidak pernah berasa terganggu atau menolak mana-mana pelawat. Sebaliknya, mereka akan berasa lebih bangga dan gembira. Jadi jika anda ingin menikmati sesuatu, anda boleh melawat rumah jiran dan menikmati kemudahan yang mereka ada.

Begitu juga, Kerajaan Kedua adalah lebih baik daripada Kerajaan Pertama dalam semua aspek. Tentulah ia tidak dapat dibandingkan dengan Yerusalem Baru. Mereka tidak mempunyai malaikat yang melayan setiap anak Tuhan. Saiz, keindahan dan kehebatan rumah juga berbeza, dan bahan, warna dan sinaran permata yang menghiasi rumah-rumah tersebut juga berbeza.

Papan Nama Dengan Cahaya yang Indah dan Menakjubkan

Rumah di Kerajaan Kedua ialah bangunan satu tingkat dengan papan tanda. Papan tanda menunjukkan pemilik rumah, dan dalam keadaan istimewa ia juga bertulis nama gereja di mana pemiliknya berkhidmat. Ada tertulis di atas papan nama yang mana cahaya yang indah dan menakjubkan akan bersinar terang, berserta nama pemilik yang ditulis dalam tulisan syurga yang kelihatan seperti tulisan Arab atau Ibrani. Jadi manusia di Kerajaan Kedua akan berkata dengan rasa kagum, "Oh! Ini rumah si polan yang berkhidmat di gereja sekian!"

Mengapakah nama gereja ini ditulis dengan khusus? Tuhan menjadikannya begitu supaya nama ini menjadi kebanggaan dan keagungan anggota yang berkhidmat untuk gereja yang akan membina Ruang Ibadat Agung, untuk menerima Yesus Kristus semasa Kedatangan Kedua-Nya di angkasa.

Namun begitu, rumah di Kerajaan Ketiga dan Yerusalem Baru tidak mempunyai papan nama rumah. Tidak ramai orang berada di kerajaan ini, dan melalui cahaya yang unik dan aroma yang datang daripada semua rumah, anda dapat mengenal pasti pemilik setiap rumah.

Kesal kerana Tidak Disucikan Sepenuhnya

Ada yang mungkin bertanya, "Bukankah agak menyusahkan di syurga memandangkan tiada rumah peribadi di Firdaus, dan di Kerajaan Kedua manusia hanya boleh memiliki satu benda?" Namun di syurga, tiada perkara yang tidak cukup atau tidak menyenangkan. Manusia tidak pernah berasa tidak selesa kerana mereka hidup bersama-sama. Mereka tidak kedekut berkongsi barang kepunyaan dengan orang lain. Mereka cuma rasa bersyukur dapat berkongsi barang milik sendiri dengan orang lain dan menganggapnya sebagai satu kegembiraan besar.

Mereka juga tidak berasas sedih kerana hanya mempunyai satu barang milik peribadi atau berasa cemburu dengan barang yang dimiliki orang lain. Sebaliknya, mereka sentiasa tersentuh hati dengan mendalam dan bersyukur kepada Tuhan Bapa kerana telah memberikan mereka lebih daripada apa yang layak untuk mereka, dan sentiasa berpuas hati dalam keadaan rasa seronok dan gembira yang tidak pudar.

Satu sahaja kekesalan mereka adalah kerana mereka tidak mencuba dengan bersungguh-sungguh dan tidak disucikan sepenuhnya semasa mereka berada di bumi. Mereka berasa kesal dan malu untuk berdiri di hadapan Tuhan kerana mereka tidak menyingkirkan semua dosa dalam diri mereka. Walaupun apabila mereka melihat orang yang masuk ke Kerajaan Ketiga atau Yerusalem Baru, mereka tidak berasa cemburu dengan rumah besar dan ganjaran hebat yang diberikan kepada orang-orang ini, tetapi berasa kesal kerana tidak menyucikan diri sendiri dengan sepenuhnya.

Memandangkan Tuhan adalah adil, Dia membenarkan kita menuai apa yang anda tabur, dan memberikan anda ganjaran menurut apa yang telah anda lakukan. Oleh itu, Dia memberikan tempat dan ganjaran di syurga apabila anda disucikan dan setia di dunia ini. Bergantung kepada sejauh mana anda hidup berdasarkan firman Tuhan, Dia akan memberikan anda ganjaran yang sewajarnya dan lumayan.

Jika anda hidup 100% berpandukan firman Tuhan, Dia akan memberikan 100% apa-apa sahaja yang anda minta di syurga. Bagaimanapun, jika anda tidak hidup 100% berpandukan firman Tuhan, Dia akan memberikan setakat yang anda telah lakukan, tetapi masih lumayan.

Oleh itu, tidak kira aras syurga mana yang anda masuki, anda akan sentiasa bersyukur kepada Tuhan kerana memberikan anda lebih daripada apa yang anda telah lakukan di dunia, dan hidup selama-lamanya dalam kegembiraan dan keseronokan.

Mahkota Kemuliaan

Tuhan yang memberikan ganjaran yang melimpah-ruah, memberikan mahkota yang tidak akan binasa kepada manusia di Kerajaan Pertama. Mahkota jenis apakah yang akan diberikan kepada manusia di Kerajaan Kedua?

Walaupun mereka tidak disucikan dengan sepenuhnya, mereka memuliakan Tuhan dengan menjalankan tugas mereka. Jadi mereka akan menerima mahkota kemuliaan. Jika anda baca 1 Petrus 5:1-4, anda akan lihat bahawa mahkota kemuliaan adalah ganjaran yang diberikan kepada manusia yang menjadi contoh dengan hidup setia berpandukan firman Tuhan.

> *Aku meminta perhatian pemimpin-pemimpin jemaah di kalangan kamu. Aku juga pemimpin jemaah dan aku sudah menyaksikan penderitaan Kristus. Aku akan turut dimuliakan apabila kemuliaan Kristus dinyatakan kepada manusia. Aku menggesa kamu supaya kamu menjaga jemaah yang diberikan oleh TUHAN kepada kamu, seperti gembala menjaga kawanan domba. Jagalah jemaah dengan senang hati sebagaimana yang dikehendaki oleh TUHAN. Janganlah lakukan tugas itu dengan berat hati. Jangan lakukan pekerjaan kamu hanya untuk mendapat upah, tetapi lakukannya kerana kamu sungguh-sungguh ingin melakukannya. Janganlah bertindak sebagai penguasa terhadap orang yang dipercayakan kepada kamu, tetapi jadilah teladan kepada mereka. Apabila Gembala Agung itu datang*

kelak, kamu akan menerima mahkota yang mulia dan kekal.

Ia menyatakan, "mahkota yang mulia dan kekal" kerana setiap mahkota di syurga adalah abadi dan tidak akan binasa. Anda akan sedar bahawa syurga adalah tempat yang sempurna di mana semuanya abadi, malah mahkota pun tidak akan binasa.

2. Manusia Jenis Apakah yang Pergi ke Kerajaan Kedua?

Di sekitar ibu negara Korea, Seoul, terdapat beberapa bandar satelit, dan di sekeliling bandar ini adalah bandar kecil. Dengan cara yang sama, di syurga, di sekeliling Kerajaan Ketiga syurga di mana adanya Yerusalem Baru, terdapat juga Kerajaan Kedua, Kerajaan Pertama dan Firdaus.

Kerajaan Pertama adalah tempat untuk orang yang berada pada tahap iman kedua dan cuba hidup berdasarkan firman Tuhan. Manusia jenis apakah yang pergi ke Kerajaan Kedua? Manusia pada tahap iman ketiga yang hidup berpandukan firman Tuhan akan tinggal di Kerajaan Kedua. Mari kita lihat dengan lebih terperinci, manusia yang akan masuk ke Kerajaan Kedua.

Kerajaan Kedua:
Tempat Orang Yang Tidak Disucikan Sepenuhnya

Anda dapat masuk ke Kerajaan Kedua jika anda hidup berdasarkan firman Tuhan dan menjalankan tugas anda, tetapi hati anda masih belum disucikan sepenuhnya.

Jika anda kacak, pandai dan bijak, anda tentu mahukan anak anda untuk menyerupai anda. Dengan cara yang sama, Tuhan yang suci dan sempurna, mahukan anak-anak-Nya yang benar untuk menyerupai-Nya. Dia mahukan anak-anak yang mengasihi-Nya dan mematuhi hukum – orang yang mematuhi hukum kerana mereka menyayangi-Nya, dan bukan kerana ia satu tugas. Jika anda sayang akan seseorang, anda akan melakukan perkara yang sukar untuknya, dan jika anda benar-benar mengasihi Tuhan di dalam hati, anda akan mematuhi hukum-Nya dengan hati yang bersukacita.

Anda akan patuh tanpa syarat dengan kegembiraan dan kesyukuran dan mengamalkan apa yang Tuhan minta anda amalkan, menyingkirkan apa yang Dia suruh singkirkan, tidak melakukan apa yang ditegah-Nya, dan melakukan apa yang disuruh-Nya. Namun, manusia pada tahap iman ketiga tidak dapat melakukan kehendak Tuhan dengan kegembiraan dan kesyukuran yang sepenuhnya dalam hati kerana mereka masih belum mencapai tahap kasih ini.

Dalam Alkitab, ada diterangkan tentang kerja fizikal (Galatia 5:19-21), dan keinginan fizikal (Roma 8:5). Apabila anda melakukan kejahatan yang timbul dari hati, ini dinamakan kerja fizikal. Sifat alamiah dosa dalam hati anda yang masih belum ditunjukkan secara luaran dinamakan keinginan fizikal.

Manusia pada tahap iman ketiga telah menyingkirkan semua kerja fizikal yang dapat dilihat secara luaran, tetapi mereka masih mempunyai keinginan fizikal dalam hati mereka. Mereka mengamalkan apa yang Tuhan suruh amalkan, menyingkirkan apa yang Dia suruh singkirkan, tidak melakukan apa yang ditegah-Nya, dan melakukan apa yang disuruh-Nya. Namun begitu, kejahatan dalam hati mereka masih belum sepenuhnya disingkirkan.

Begitu juga, jika anda menjalankan tugas dengan hati yang belum disucikan sepenuhnya, anda akan masuk ke Kerajaan Kedua. "Penyucian" merujuk kepada keadaan di mana anda telah menyingkirkan semua jenis kejahatan dan hanya mempunyai kebaikan dalam hati anda.

Sebagai contoh, katakanlah ada seorang manusia yang anda benci. Firman Tuhan ada menyatakan, "Jangan membenci," dan anda cuba tidak membencinya. Hasilnya, anda tidak lagi membencinya. Namun begitu, jika anda tidak benar-benar menyayanginya dalam hati, anda masih belum lagi disucikan.

Oleh itu, untuk bertumbuh ke tahap iman keempat, anda perlu ada usaha untuk menyingkirkan dosa sehingga tahap menumpahkan darah.

Manusia yang telah Memenuhi Tanggungjawab dengan Kurnia Tuhan

Kerajaan Kedua adalah tempat untuk orang yang belum mencapai penyucian sepenuhnya dalam hati tetapi telah memenuhi tanggungjawab yang diberikan oleh Tuhan kepada mereka. Mari kita lihat jenis orang yang akan masuk ke Kerajaan Kedua dengan membincangkan keadaan seorang anggota gereja yang telah meninggal dunia semasa dia melayani Gereja Pusat Manmin.

Dia datang bersama suaminya ke Gereja Pusat Manmin pada tahun ia diasaskan. Dia telah menderita penyakit serius tetapi telah disembuhkan selepas menerima doa saya, dan ahli keluarganya mula menjadi orang yang percaya. Iman mereka menjadi matang, dan dia menjadi diakenes kanan, suaminya pemimpin gereja, dan anak-anak mereka membesar dan melayani Tuhan dengan menjadi hamba Tuhan, isteri pastor, dan missionari pujian.

Namun begitu, dia gagal menyingkirkan semua kejahatan dan tidak menjalankan tugasnya dengan baik, tetapi atas kurnia Tuhan dia telah bertaubat, menjalankan tugas dengan baik, dan akhirnya meninggal dunia. Tuhan memaklumkan saya bahawa dia akan masuk ke Kerajaan Kedua syurga dan membenarkan saya berkomunikasi dengannya melalui roh.

Apabila dia masuk ke syurga, perkara yang paling dia kesali adalah tidak menyingkirkan semua dosanya untuk menjadi suci sepenuhnya, dan tidak benar-benar mengucapkan syukur dari hati kepada gembalanya yang telah berdoa untuknya untuk dipulihkan dan memimpinnya dengan kasih.

Dia juga terfikir, jika melihat apa yang telah dicapainya dengan iman, bagaimana dia melayani Yesus Kristus, dan kata-kata yang diucapkan dengan mulutnya, dia hanya layak masuk ke Kerajaan Pertama. Namun begitu, apabila masanya sudah semakin suntuk di dunia, melalui doa penuh kasih daripada gembalanya dan perbuatannya yang menyenangkan hati Tuhan, imannya bertumbuh dengan cepat dan dia dapat masuk ke Kerajaan Kedua.

Imannya bertumbuh dengan cepat sebelum dia meninggal dunia. Dia menumpukan perhatian kepada doa dan menghantar beribu-ribu surat berita gereja di sekitar kawasan kejiranannya. Dia tidak menghiraukan dirinya dan hanya berkhidmat kepada

Yesus Kristus dengan setia.

Dia memberitahu saya tentang rumah yang akan didiaminya di syurga. Katanya, walaupun rumah itu satu tingkat, ia dihias indah dengan bunga dan pokok yang cantik, dan ia sungguh besar dan menakjubkan dan tidak dapat dibandingkan dengan mana-mana rumah di dunia ini.

Tentulah, jika dibandingkan dengan rumah di Kerajaan Ketiga atau Yerusalem Baru, rumahnya seperti pondok sahaja, namun dia amat bersyukur dan berpuas hati kerana dia tidak layak mendapatnya. Dia mahu menyampaikan mesej ini kepada ahli keluarganya supaya mereka dapat masuk ke Yerusalem Baru.

"Syurga dibahagikan dengan tepat sekali. Kemuliaan dan cahaya berbeza dalam semua tempat, jadi saya gesa dan galakkan mereka untuk masuk ke Yerusalem Baru. Saya ingin beritahu ahli keluarga yang masih di dunia bahawa amat memalukan jika tidak dapat menyingkirkan semua dosa apabila kita bertemu Tuhan Bapa di syurga. Ganjaran yang Tuhan berikan kepada manusia yang masuk ke Yerusalem Baru dan kehebatan rumah di sana amat menakjubkan, tetapi saya ingin memberitahu mereka bahawa betapa kesal dan memalukan sekiranya tidak menyingkirkan semua kejahatan sebelum berhadapan dengan Tuhan. Saya ingin sampaikan mesej ini kepada ahli keluarga saya supaya mereka dapat menyingkirkan semua jenis kejahatan dan mendapat kedudukan yang baik di Yerusalem Baru."

Oleh itu, saya menggesa anda untuk menyedari betapa berharganya penyucian hati dan menumpukan kehidupan harian anda untuk kerajaan dan keadilan Tuhan dengan harapan untuk mendapatkan syurga, supaya anda dapat maju ke arah Yerusalem Baru.

Manusia yang Setia dalam Semuanya tetapi tidak Patuh Disebabkan Pemikiran Mereka yang Salah tentang Kebenaran

Sekarang mari kita lihat keadaan seorang lagi anggota gereja yang mengasihi Yesus Kristus dan menjalankan tugas dengan setia, tetapi tidak dapat masuk ke Kerajaan Ketiga kerana beberapa kekurangan dalam imannya.

Dia datang ke Gereja Pusat Manmin kerana penyakit suaminya, dan menjadi seorang anggota gereja yang aktif. Suaminya dibawa ke gereja dengan pengusung, tetapi kesakitannya hilang dan dia dapat berdiri dan berjalan. Bayangkan betapa bersyukur dan gembiranya dia! Dia sentiasa bersyukur kepada Tuhan yang menyembuhkan penyakit suaminya serta pastor yang berdoa untuk suaminya dengan kasih. Dia sentiasa setia. Dia berdoa untuk kerajaan Tuhan, dan berdoa dengan kesyukuran terhadap gembalanya pada setiap masa semasa dia berjalan, duduk atau berdiri, malah semasa dia sedang memasak.

Disebabkan dia menyayangi saudaranya dalam Kristus, dia menghiburkan orang lain dan bukannya dihiburkan, memberi galakan dan menjaga orang lain. Dia hanya mahu hidup berdasarkan firman Tuhan dan cuba menyingkirkan semua dosanya hingga tahap menumpahkan darah. Dia tidak pernah berasa iri hati atau menginini harta benda dunia tetapi hanya menumpukan kepada penyebaran injil kepada orang sekelilingnya.

Disebabkan dia amat setia terhadap kerajaan Tuhan, hati saya mendapat inspirasi daripada Roh Kudus melihatkan kesetiaannya dan meminta dia mengambil tugas dalam kebaktian gereja. Saya percaya bahawa jika dia menjalankan tugasnya dengan setia, semua ahli keluarga termasuk suaminya akan mempunyai iman rohani.

Namun, dia tidak dapat bersetuju kerana dia melihat keadaannya dan terpengaruh dengan fikiran badaniah. Tidak lama kemudian, dia meninggal dunia. Saya berasa patah hati, dan semasa berdoa kepada Tuhan, saya dapat mendengar pengakuannya melalui komunikasi rohani.

> "Walaupun jika saya bertaubat kerana tidak mematuhi permintaan gembala, nasi sudah menjadi bubur. Jadi saya hanya berdoa untuk kerajaan Tuhan dan untuk gembala dengan lebih banyak lagi. Satu perkara yang saya ingin ingatkan kepada saudara seiman adalah, apa sahaja yang dinyatakan oleh gembala adalah kehendak Tuhan. Dosa yang paling besar adalah tidak mematuhi kehendak Tuhan, dan bersama-samanya, kemarahan juga adalah dosa paling besar. Disebabkan hal ini, manusia berhadapan dengan kesukaran, dan saya dipuji kerana tidak marah, tetapi merendahkan hati saya, dan cuba dengan sepenuh hati untuk patuh. Saya telah menjadi

orang yang meniupkan trompet Yesus. Hari di mana saya akan menerima saudara saudari semua sudah hampir tiba. Saya cuma berharap dengan sepenuh hati bahawa saudara saudari saya berfikiran jelas dan tidak kekurangan apa-apa supaya mereka juga tidak sabar-sabar menunggu hari ini.

Dia mengakui lebih banyak daripada ini, dan memberitahu saya bahawa dia tidak dapat masuk ke Kerajaan Ketiga kerana keingkaran dirinya.

"Saya ada beberapa perkara yang saya ingkar sehinggalah saya datang ke kerajaan ini. Kadangkala saya katakan, 'Tidak, Tidak, Tidak,' semasa saya mendengar mesej. Saya tidak menjalankan tugas dengan baik. Saya berfikiran bahawa saya akan menjalankan tugas apabila keadaan saya bertambah baik, jadi saya gunakan fikiran badaniah. Ini satu kesilapan yang besar di mata Tuhan."

Dia juga mengakui bahawa dia iri hati kepada hamba-hamba Tuhan dan orang yang menjaga kewangan gereja apabila dia melihat mereka, kerana memikirkan bahawa mereka akan mendapat ganjaran yang lebih besar di syurga. Namun begitu, dia mengakui bahawa apabila dia masuk ke syurga, hal ini tidak selalu berlaku.

"Tidak! Tidak! Tidak! Hanya orang yang bertindak mengikut kehendak Tuhan akan menerima ganjaran dan berkat yang besar. Jika pemimpin membuat kesilapan, ia merupakan dosa yang lebih besar berbanding anggota biasa. Mereka perlu lebih banyak berdoa. Pemimpin perlu lebih setia. Mereka perlu mengajar dengan lebih baik. Mereka perlu mempunyai keupayaan untuk menilai. Itulah sebabnya ditulis dalam Empat Injil bahawa si buta memimpin orang buta yang lain. Makna 'Janganlah ramai daripada kamu menjadi guru' adalah bahawa manusia akan diberkati jika dia cuba menjadi yang terbaik dalam kedudukannya. Kini, hari di mana kita akan bertemu sesama sendiri sebagai anak-anak Tuhan dalam kerajaan abadi akan tiba tidak lama lagi. Oleh itu, kita perlu menyingkirkan semua kerja fizikal, menjadi lebih benar, dan mempunyai kelayakan yang sesuai sebagai pengantin Yesus Kristus tanpa sebab untuk malu apabila berdiri di hadapan Tuhan."

Oleh itu, anda perlu sedar betapa pentingnya kepatuhan yang bukan datang dari rasa tugas tetapi kegembiraan dari lubuk hati dan kasih anda terhadap Tuhan, dan penyucian hati. Tambahan lagi, anda tidak sepatutnya hanya pergi ke gereja, tetapi mencerminkan diri dan menilai diri sendiri apakah jenis kerajaan syurgawi yang anda layak masuk jika Tuhan Bapa memanggil anda untuk pulang sekarang.

Anda perlu cuba untuk setia dalam semua tugas anda dan hidup berpandukan firman Tuhan, supaya anda akan dapat disucikan sepenuhnya dan mempunyai kelayakan yang diperlukan untuk masuk ke Yerusalem Baru.

1 Korintus 15:41 menyatakan bahawa kemuliaan yang diterima oleh setiap orang di syurga adalah berbeza. Ia menyatakan, *"Kemuliaan matahari lain dari pada kemuliaan bulan, dan kemuliaan bulan lain dari pada kemuliaan bintang-bintang, dan kemuliaan bintang yang satu berbeda dengan kemuliaan bintang yang lain"* (petikan daripada Alkitab terjemahan bahasa Indonesia).

Semua orang yang diselamatkan akan menikmati kehidupan abadi di syurga. Namun begitu, ada yang akan tinggal di Firdaus manakala ada yang akan tinggal di Yerusalem Baru, semuanya bergantung kepada ukuran iman mereka. Perbezaannya dari segi kemuliaan adalah amat besar sehingga tidak dapat digambarkan.

Oleh itu, saya berdoa dalam nama Yesus Kristus supaya anda tidak setakat kekal dalam iman hanya untuk diselamatkan, tetapi sebagai petani yang menjual semua hartanya untuk membeli ladang dan menggali harta karun, hidup berpandukan firman Tuhan sepenuhnya dan menyingkirkan semua jenis kejahatan supaya anda akan masuk ke Yerusalem Baru dan kekal dalam kemuliaan yang bersinar di sana seperti matahari.

Bab 9

Kerajaan Ketiga Syurga

1. Malaikat Berkhidmat Untuk Setiap Anak Tuhan
2. Manusia Jenis Apakah yang Masuk ke Kerajaan Ketiga?

*Berbahagialah orang
yang tabah semasa mengalami cubaan.
Apabila mereka berjaya mengatasi cubaan itu,
mereka akan menerima
pahala berupa kehidupan
yang sudah dijanjikan oleh TUHAN
kepada orang yang mengasihi-Nya.*

- Yakobus 1:12 -

Tuhan adalah Roh, dan Dia adalah kebaikan, cahaya, dan kasih itu sendiri. Itulah sebabnya Dia mahukan anak-anak-Nya untuk menyingkirkan semua dosa dan segala jenis kejahatan. Yesus, yang datang ke dunia dalam bentuk manusia, tidak mempunyai cacat cela kerana Dia adalah Tuhan sendiri. Apakah jenis manusia yang anda perlu jadi untuk menjadi pengantin yang akan menerima Yesus Kristus?

Untuk menjadi anak Tuhan yang benar dan pengantin Yesus yang akan berkongsi kasih abadi dengan Tuhan selama-lamanya, anda perlu menyerupai hati suci Tuhan dan menyucikan diri dengan menyingkirkan semua jenis kejahatan.

Kerajaan Ketiga syurga, iaitu tempat untuk anak Tuhan seperti ini yang suci dan menyerupai hati Tuhan, amat berbeza berbanding Kerajaan Kedua. Oleh sebab Tuhan benci akan kejahatan dan amat suka akan kebaikan, Dia melayan anak-anak-Nya yang telah disucikan dengan cara yang amat istimewa. Jadi, bagaimanakah Kerajaan Ketiga dan berapa banyakkah anda perlu mengasihi Tuhan untuk ke sana?

1. Malaikat Berkhidmat Untuk Setiap Anak Tuhan

Rumah di Kerajaan Ketiga adalah jauh lebih hebat dan gemilang berbanding rumah teres satu tingkat di Kerajaan Kedua dan tidak dapat dibandingkan. Ia dihias dengan pelbagai jenis permata dan mempunyai semua kemudahan yang diingini pemiliknya.

Tambahan pula, bermula dari Kerajaan Ketiga, malaikat akan diberikan untuk melayan setiap orang, dan mereka akan mengasihi dan mengagumi tuannya dan melayan mereka dengan layanan terbaik.

Malaikat yang Berkhidmat Secara Peribadi

Ibrani 1:14, *"Jika demikian, apakah sebenarnya malaikat-malaikat itu? Mereka roh yang berbakti kepada TUHAN, dan yang disuruh oleh-Nya untuk menolong orang yang akan menerima penyelamatan."* Malaikat adalah makhluk rohani. Mereka menyerupai manusia dari segi bentuk sebagai ciptaan Tuhan, tetapi mereka tidak mempunyai daging dan tulang, dan tiada berkahwin atau mati. Mereka tidak mempunyai personaliti seperti manusia, tetapi pengetahuan dan kuasa mereka adalah lebih hebat berbanding manusia (2 Petrus 2:11).

Seperti dalam Ibrani 12:22 ada menyebutkan tentang beribu-ribu malaikat, ada tidak terkira banyaknya malaikat di syurga. Tuhan telah menetapkan kedudukan dan pangkat malaikat, memberikan mereka tugas berbeza, dan memberikan mereka bidang kuasa berbeza menurut tugas masing-masing.

Jadi ada perbezaan antara malaikat contohnya malaikat, bala tentera syurga dan pemimpin malaikat. Contohnya, Gabriel, yang bertugas sebagai pegawai awam, datang kepada anda dengan jawapan doa anda daripada Tuhan atau rancangan atau wahyu Tuhan (Daniel 9:21-23; Lukas 1:19, 1:26-27). Pemimpin malaikat, Mikail, adalah seperti pegawai tentera, dan menjadi ketua bala tentera syurgawi. Dia mengawal peperangan menentang roh jahat, dan kadangkala dia sendiri yang memecahkan barisan pertempuran kegelapan (Daniel 10:13-14, 10:21; Yudas 1:9; Wahyu 12:7-8).

Antara malaikat ini, ada malaikat yang berkhidmat kepada tuan mereka secara peribadi. Di Firdaus, Kerajaan Pertama dan Kerajaan Kedua, ada malaikat yang kadangkala membantu anak Tuhan, tetapi tiada malaikat yang melayan tuannya secara peribadi. Hanya ada malaikat yang menjaga rumput, atau batas bunga, atau kemudahan awam untuk memastikan tiada kesukaran, dan ada malaikat yang tugasnya menghantar pesanan Tuhan.

Tetapi, bagi manusia yang masuk ke Kerajaan Ketiga dan Yerusalem Baru, malaikat peribadi diberikan kepada mereka kerana mereka mengasihi dan sangat menyenangkan hati Tuhan. Jumlah malaikat yang diberikan juga berbeza bergantung kepada sejauh mana seseorang menyerupai Tuhan dan menyenangkan hati-Nya dengan kepatuhan.

Jika seseorang mempunyai rumah yang besar di Yerusalem Baru, ramai malaikat akan diberikan kerana ini bermakna pemiliknya menyerupai hati Tuhan dan telah membawa ramai orang ke arah penyelamatan. Akan ada malaikat yang menjaga rumah, sesetengahnya akan menjaga kemudahan dan perkara yang diberikan sebagai ganjaran, dan malaikat lain akan melayan tuannya secara peribadi. Di sini akan ada begitu ramai malaikat.

Jika anda masuk ke Kerajaan Ketiga, anda bukan hanya akan mendapat malaikat yang melayan anda secara peribadi, tetapi akan ada malaikat yang menjaga rumah, dan malaikat yang menjemput masuk dan membantu para tetamu. Anda akan begitu bersyukur kepada Tuhan jika anda dapat masuk ke

Kerajaan Ketiga kerana Tuhan membenarkan anda berkuasa selama-lamanya sambil dilayani malaikat yang diberikan-Nya sebagai ganjaran abadi.

Rumah Bertingkat-tingkat Yang Mengagumkan

Rumah di Kerajaan Ketiga yang dihias dengan bunga yang cantik dan pokok dengan aroma yang menyegarkan, terdapat taman dan tasik. Tasik ini mempunyai banyak ikan, dan manusia boleh berbual dengan ikan-ikan itu dan berkongsi kasih dengannya. Malaikat juga memainkan muzik yang indah atau manusia boleh memuji-muji Tuhan Bapa bersama mereka.

Tidak seperti penghuni Kerajaan Kedua yang dibenarkan mempunyai hanya satu objek atau kemudahan yang diingini, manusia di Kerajaan Ketiga boleh memiliki apa-apa sahaja yang mereka mahukan seperti padang golf, kolam renang, tasik, ruang berjalan kaki, dewan besar dan sebagainya. Oleh itu, mereka tidak perlu pergi ke rumah jiran untuk menikmati sesuatu yang mereka tidak miliki, dan mereka boleh bergembira pada bila-bila masa sahaja.

Rumah di Kerajaan Ketiga adalah bangunan bertingkat-tingkat yang menakjubkan, tersergam dan besar saiznya. Ia dihias dengan indah dan tiada jutawan di dunia ini dapat menandinginya.

Selain itu, tiada rumah di Kerajaan Ketiga mempunyai papan tanda. Orang akan tahu siapakah pemilik rumah walaupun tiada papan tanda, kerana haruman unik yang melambangkan hati pemiliknya yang bersih dan indah akan semerbak dari rumah.

Rumah di Kerajaan Ketiga mempunyai haruman dan sinaran

cahaya yang berbeza. Lebih banyak pemiliknya menyerupai hati Tuhan, lebih indah haruman dan lebih terang sinaran rumah.

Di Kerajaan Ketiga, pemilik rumah juga akan diberikan haiwan peliharaan dan burung, dan haiwan ini lebih cantik, indah dan menarik berbanding haiwan yang ada di Kerajaan Pertama atau Kedua. Tambahan pula, kenderaan awan diberikan sebagai kegunaan awam, dan manusia dapat bergerak ke sana ke mari mengelilingi syurga yang tiada hadnya sebanyak yang mereka mahu.

Seperti yang diterangkan, dalam Kerajaan Ketiga, manusia dapat ke mana-mana dan lakukan apa-apa sahaja yang mereka mahu. Kehidupan di Kerajaan Ketiga tidak dapat dibayangkan.

Mahkota Kehidupan

Dalam Wahyu 2:10 ada janji berkenaan "mahkota kehidupan" yang akan diberikan kepada manusia yang setia sehingga ke tahap mati untuk kerajaan Tuhan.

> *Jangan takut terhadap apa yang harus engkau derita! Sesungguhnya Iblis akan melemparkan beberapa orang dari antaramu ke dalam penjara supaya kamu dicobai dan kamu akan beroleh kesusahan selama sepuluh hari. Hendaklah engkau setia sampai mati, dan Aku akan mengaruniakan kepadamu mahkota kehidupan* (petikan daripada Alkitab terjemahan bahasa Indonesia).

Frasa "setia sampai mati" di sini merujuk kepada bukan

sahaja setia dengan iman seorang syahid, tetapi tidak bertolak ansur dengan dunia dan menjadi suci sepenuhnya dengan menyingkirkan semua dosa sehingga tahap menumpahkan darah. Tuhan memberikan ganjaran kepada orang yang masuk ke Kerajaan Ketiga dengan mahkota kehidupan kerana mereka telah setia sehingga ke titik kematian dan telah berjaya berhadapan dengan pelbagai jenis ujian dan kesusahan (Yakobus 1:12).

Apabila orang yang berada dalam Kerajaan Ketiga melawat Yerusalem Baru, mereka meletakkan tanda bulat pada hujung kanan mahkota kehidupan. Apabila orang yang berada dalam Firdaus, Kerajaan Pertama atau Kerajaan Kedua melawat Yerusalem Baru, mereka meletakkan tanda pada bahagian kiri dada. Anda dapat lihat kemuliaan adalah berbeza bagi manusia di Kerajaan Ketiga dengan cara ini.

Namun begitu, manusia di Yerusalem Baru berada dalam jagaan khas Tuhan, jadi mereka tidak perlukan apa-apa tanda untuk membezakan diri mereka. Mereka dilayan dengan cara istimewa sebagai anak Tuhan yang benar.

Rumah di Yerusalem Baru

Rumah di Kerajaan Ketiga adalah berbeza daripada rumah di Yerusalem Baru dari segi saiz, keindahan dan keagungan.

Pertama sekali, jika anda katakan rumah paling kecil di Yerusalem Baru adalah 100, rumah di Kerajaan Ketiga adalah 60. Contohnya, jika rumah paling kecil di Yerusalem Baru adalah seluas 100,000 kaki persegi, rumah di Kerajaan Ketiga pula adalah seluas 60,000 kaki persegi.

Namun begitu, saiz rumah individu berbeza kerana ia

bergantung kepada berapa kuat pemiliknya bekerja untuk menyelamatkan sebanyak mungkin jiwa yang boleh dan membina gereja Tuhan. Seperti yang Yesus katakan dalam Matius 5:5, *"Berbahagialah orang yang lemah lembut, kerana mereka akan memiliki bumi"* (petikan daripada Alkitab terjemahan bahasa Indonesia), saiz rumah yang akan didiami akan ditentukan berdasarkan kepada jumlah jiwa yang dipimpin ke syurga oleh pemilik rumah dengan hati yang lemah lembut.

Jadi ada banyak rumah yang mempunyai keluasan melebihi 10,000 kaki persegi dalam Kerajaan Ketiga dan Yerusalem Baru, tetapi rumah yang paling besar di Kerajaan Ketiga pun adalah lebih kecil berbanding rumah di Yerusalem Baru. Selain itu, saiz, bentuk, keindahan dan permata perhiasan juga amat berbeza.

Di Yerusalem Baru, bukan setakat ada 12 batu permata untuk asas, tetapi banyak lagi batu permata cantik yang lain. Ada permata yang tidak terbayangkan begitu besar saiznya dengan warna-warna yang cantik. Ada banyak jenis batu permata dan kita tidak dapat menamakan semuanya, dan sesetengahnya bersinar dengan dua atau tiga lapisan cahaya yang bertindihan.

Di Kerajaan Ketiga juga terdapat banyak batu permata. Namun begitu, walaupun ada pelbagai jenis, batu permata di Kerajaan Ketiga tidak dapat dibandingkan dengan permata di Yerusalem Baru. Tiada batu permata yang bersinar dengan dua atau tiga lapisan cahaya di Kerajaan Ketiga. Batu permata di Kerajaan Ketiga mempunyai cahaya yang lebih cantik jika dibandingkan dengan Kerajaan Pertama atau Kerajaan Kedua, tetapi ia hanyalah batu permata yang ringkas dan asas, dan batu permata dari jenis yang sama di sini juga tidak secantik batu permata di Yerusalem Baru.

Itulah sebabnya manusia di Kerajaan Ketiga, yang tinggal di luar Yerusalem Baru yang dipenuhi kemuliaan Tuhan, melihatnya dan teringin mahu berada di sana selama-lamanya.

"Kalaulah saya berusaha lebih dan
lebih setia di dalam semua rumah Tuhan..."
"Kalaulah Tuhan Bapa memanggil nama saya satu kali..."
"Kalaulah saya dijemput sekali lagi..."

Kerajaan Ketiga mempunyai kegembiraan dan keindahan tidak terbayangkan, tetapi ia tidak dapat dibandingkan dengan Yerusalem Baru.

2. Manusia Jenis Apakah yang Masuk ke Kerajaan Ketiga?

Apabila anda membuka hati dan menerima Yesus Kristus sebagai Penyelamat peribadi anda, Roh Kudus akan datang dan mengajarkan anda tentang dosa, kebenaran, dan penghakiman, dan membuatkan anda sedar tentang kebenaran. Apabila anda mematuhi firman Tuhan, menyingkirkan semua jenis kejahatan dan menjadi suci, anda akan berada dalam keadaan di mana jiwa anda dalam keadaan baik – pada tahap keempat iman.

Orang yang mencapai tahap keempat iman amat mengasihi Tuhan dan dikasihi Tuhan, dan masuk ke Kerajaan Ketiga. Jadi, apakah jenis iman yang dimiliki oleh orang yang layak masuk ke Kerajaan Ketiga?

Disucikan Dengan Menyingkirkan Semua Jenis Kejahatan

Pada zaman Perjanjian Lama, manusia tidak menerima Roh Kudus. Oleh itu, mereka tidak dapat menyingkirkan dosa yang berada dalam lubuk hati dengan kekuatan sendiri. Itulah sebabnya mereka melakukan sunat fizikal, dan melainkan kejahatan wujud dalam bentuk tindakan, mereka tidak menganggapnya sebagai dosa. Walaupun seseorang berfikir untuk membunuh orang lain, ia tidak dianggap dosa selagi fikiran itu tidak disertai tindakan. Hanya apabila tindakan itu dilaksanakan, ia dianggap sebagai dosa.

Namun begitu, pada masa Perjanjian Baru, jika anda menerima Yesus Kristus, Roh Kudus akan datang ke dalam hati anda. Melainkan anda mempunyai hati yang telah disucikan, anda tidak akan dapat masuk ke Kerajaan Ketiga. Hal ini kerana anda dapat menyunatkan hati anda dengan bantuan Roh Kudus.

Oleh itu, anda dapat masuk ke Kerajaan Ketiga hanya apabila anda menyingkirkan semua jenis kejahatan seperti kebencian, zina, ketamakan dan sebagainya, dan kemudian menjadi suci. Jadi, manusia jenis apakah yang mempunyai hati yang suci? Dia ialah manusia yang mempunyai kasih rohani seperti yang diterangkan dalam 1 Korintus 13, sembilan buah Roh Kudus dalam Galatia 5 dan ucapan bahagian dalam Matius 5, dan yang menyerupai kesucian Yesus Kristus.

Sudah tentu hal ini tidak bermakna bahawa dia berada pada tahap yang sama dengan Yesus Kristus. Tidak kira berapa banyak manusia menyingkirkan dosanya dan menjadi suci, tahapnya jauh berbeza daripada Tuhan, yang merupakan asal cahaya.

Oleh itu, untuk menyucikan hati anda, pertama sekali anda perlu menyediakan tanah yang subur dalam hati anda. Dalam kata lain, anda perlu menjadikan hati anda tanah yang subur dengan tidak melakukan apa yang dilarang dalam Alkitab dan menyingkirkan apa yang disuruh oleh Alkitab. Hanya dengan cara ini anda dapat membuahkan hasil yang baik apabila benih ditabur. Sama seperti petani yang menabur benih selepas dia mempersiapkan tanah, benih yang ditanam dalam diri anda akan bercambah, tumbuh dan menghasilkan buah selepas anda melakukan apa yang disuruh oleh Tuhan dan berpegang apa yang Dia suruh anda pegang.

Oleh itu, penyucian merujuk kepada keadaan di mana seseorang dibersihkan daripada dosa asal dan dosa yang dilakukan sendiri, dengan kerja Roh Kudus selepas dia dilahirkan semula oleh air dan Roh Kudus, dengan mempercayai kuasa penebusan Yesus Kristus. Diampunkan dosa dengan percaya kepada darah Yesus Kristus adalah berbeza dengan menyingkirkan sifat berdosa dalam diri anda dengan bantuan Roh Kudus dengan cara berdoa dengan tekun dan diselangi puasa.

Menerima Yesus Kristus dan menjadi anak Tuhan tidak bermaksud bahawa semua dosa dalam hati anda telah dihapuskan sepenuhnya. Anda masih mempunyai kejahatan seperti kebencian, kebanggaan dan sebagainya dalam diri anda, dan itulah sebabnya proses menyedari kejahatan dengan mendengar firman Tuhan dan menentangnya sehingga tahap menumpahkan darah, adalah amat penting (Ibrani 12:4).

Inilah caranya anda menyingkirkan kerja badaniah dan bergerak ke arah penyucian. Keadaan di mana anda telah membuang bukan sahaja dosa badaniah tetapi juga keinginan badaniah dalam hati adalah iman tahap keempat, iaitu keadaan suci.

Disucikan hanya selepas Menyingkirkan Dosa Alamiah

Apakah dosa dalam sifat alamiah seseorang? Ini adalah dosa yang telah diturunkan melalui benih kehidupan, daripada ibu bapa kita sejak Adam ingkar kepada Tuhan. Contohnya, seorang bayi yang belum berusia setahun pun mempunyai kejahatan dalam mindanya. Walaupun ibunya tidak pernah mengajarkan kejahatan seperti kebencian atau cemburu, dia akan berasa marah atau membuat tindakan jahat jika ibunya menyusukan bayi jiran. Dia mungkin akan cuba menolak bayi jiran, dan mula menangis, dipenuhi kemarahan, jika bayi jiran berada dekat dengan ibunya.

Jadi seorang bayi pun akan menunjukkan tindakan kejahatan, walaupun dia tidak pernah mempelajarinya sebelum ini, adalah kerana ada dosa dalam sifat alamiahnya. Dosa yang dilakukan sendiri juga adalah dosa yang ditunjukkan dalam tindakan fizikal yang menurut keinginan dosa dalam hati.

Tentulah, jika anda telah disucikan daripada dosa asal, jelas sekali dosa yang dilakukan sendiri akan disingkirkan juga kerana akar kepada dosa ini telahpun dibuang. Oleh itu, kelahiran semula secara rohani adalah permulaan penyucian, dan penyucian adalah penyempurnaan kelahiran semula. Oleh itu, jika anda dilahirkan semula, saya harap anda akan menjalani kehidupan Kristian yang berjaya untuk mencapai penyucian.

Jika anda benar-benar mahukan penyucian dan mendapatkan semula gambaran Tuhan yang hilang, dan mencuba sedaya-upaya, anda akan dapat menyingkirkan dosa dalam sifat alamiah dengan kurnia dan kekuatan Tuhan, dengan bantuan Roh Kudus. Saya berharap anda akan menyerupai hati suci Tuhan, seperti yang Tuhan ingini, *"Hendaklah kamu suci, kerana Aku suci"* (1 Petrus 1:16).

Disucikan tetapi tidak Setia Sepenuhnya dalam Semua Rumah Tuhan

Tuhan telah membenarkan saya untuk berkomunikasi secara rohani dengan seorang wanita yang telah meninggal dunia, yang layak masuk ke Kerajaan Ketiga. Pagar rumahnya dihias dengan lengkungan mutiara, dan hal ini adalah kerana dia tekun berdoa sambil menangis dalam kesedihan dan ketekunan semasa berada di dunia. Dia merupakan orang percaya yang amat beriman, yang berdoa untuk kerajaan dan kebenaran Tuhan, untuk gereja dan hamba Tuhan serta anggota gereja, dengan tekun dan disertai tangisan.

Sebelum dia bertemu Yesus Kristus, dia amat miskin dan malang sekali sehinggakan satu barang kemas pun dia tidak miliki. Selepas menerima Yesus Kristus, dia dapat maju ke arah penyucian kerana dia dapat patuh kepada kebenaran selepas menyedarinya dengan mendengar firman Tuhan.

Dia juga menjalankan tugasnya dengan baik kerana dia menerima banyak ajaran daripada hamba Tuhan yang amat menyayangi Tuhan, dan berkhidmat kepadanya dengan baik. Disebabkan hal ini, dia akhirnya mendapat tempat yang lebih bersinar dan lebih menakjubkan dalam Kerajaan Ketiga.

Tambahan pula, satu batu permata yang bersinar terang

dari Yerusalem Baru akan diletakkan pada pagar rumahnya. Ini merupakan batu permata yang diberikan oleh hamba Tuhan yang diberikan khidmatnya di dunia ini. Hamba Tuhan ini akan mengambil batu permata di ruang tamunya dan meletakkannya di pagar rumah wanita ini apabila dia melawatnya di situ. Batu permata ini akan menjadi tanda bahawa hamba Tuhan akan merindui wanita ini kerana dia tidak dapat masuk ke Yerusalem Baru walaupun dia telah banyak membantu hamba Tuhan ini di dunia. Ramai manusia di Kerajaan Ketiga akan mengagumi batu permata ini.

Namun demikian, dia masih berasa kesal kerana tidak dapat masuk ke Yerusalem Baru. Jika dia mempunyai iman yang cukup untuk masuk ke Yerusalem Baru, dia akan berada bersama Yesus Kristus, hamba Tuhan yang dia berikan khidmat semasa di dunia, dan anggota-anggota gerejanya pada masa hadapan. Kalaulah dia lebih setia semasa di dunia, dia mungkin akan dapat masuk ke Yerusalem Baru, tetapi kerana tidak patuh, dia terlepas peluang yang diberikan kepadanya.

Walau bagaimanapun, dia masih bersyukur dan tersentuh dengan kemuliaan yang diberikan kepadanya di Kerajaan Ketiga dan mengakui hal yang berikut. Dia hanya bersyukur kerana menerima semua benda berharga sebagai ganjaran, dan tiada satupun yang yang dapat dicapainya dengan usaha sendiri.

"Walaupun saya tidak dapat masuk ke Yerusalem Baru yang dipenuhi kemuliaan Tuhan Bapa, disebabkan saya sendiri tidak sempurna dalam apa-apa pun, namun saya mempunyai rumah di Kerajaan Ketiga yang indah ini. Rumah saya amat besar dan cantik sekali. Walaupun ia tidak begitu besar jika dibandingkan dengan rumah di Yerusalem Baru, saya diberikan banyak benda yang menakjubkan yang tidak dapat dibayangkan di dunia.

Saya tidak melakukan apa-apa. Saya tidak memberikan apa-apa. Saya tidak melakukan apa-apa yang benar-benar membantu. Saya tidak melakukan apa-apa yang membuatkan Tuhan bersukacita. Namun begitu, kemuliaan yang saya terima di sini amat besar dan saya hanya boleh berasa kesal dan bersyukur. Saya juga bersyukur kepada Tuhan kerana membenarkan saya tinggal di tempat yang lebih menakjubkan dalam Kerajaan Ketiga."

Manusia dengan Iman Syahid

Seperti orang yang amat mengasihi Tuhan dan menjadi suci dalam hatinya dapat masuk ke Kerajaan Ketiga, anda boleh masuk sekurang-kurangnya Kerajaan Ketiga jika anda mempunyai iman syahid di mana anda mengorbankan segala-galanya, hatta nyawa anda sekalipun, demi Tuhan.

Anggota gereja Kristian awal yang kekal beriman sehingga mereka dipancung, dimakan oleh singa di Koloseum di Rom, atau dibakar, akan menerima ganjaran syahid di syurga. Bukan mudah untuk menjadi syahid dalam situasi dihukum dan diancam begini.

Di sekeliling anda, ada ramai orang tidak menghormati kesucian hari Yesus atau tidak mengendahkan tugas yang diberikan oleh Tuhan kepada mereka kerana mereka menginginkan wang. Manusia jenis ini, yang tidak mampu mematuhi perkara sekecil ini, tidak akan dapat mengekalkan iman mereka dalam situasi yang mengancam nyawa, apatah lagi menjadi syahid.

Manusia bagaimanakah yang mempunyai iman seorang syahid? Ini merupakan manusia yang mempunyai hati yang tulus dan tidak berubah seperti Daniel dalam Perjanjian Lama. Walau bagaimanapun, orang yang mempunyai fikiran bercabang dan hanya mementingkan diri, bertolak ansur dengan dunia, mempunyai peluang yang amat kecil untuk menjadi syahid.

Orang yang benar-benar mampu menjadi syahid mestilah mempunyai hati yang tidak berubah seperti Daniel. Dia tetap dengan kebenaran imannya walaupun dia tahu yang dia akan masuk ke dalam gua singa. Dia tetap dengan imannya sehingga ke saat akhir apabila dia dihumban ke dalam gua singa disebabkan helah manusia yang jahat. Daniel tidak berpaling daripada kebenaran kerana hatinya bersih dan suci.

Hal ini sama seperti Stefanus dalam Perjanjian Baru. Dia direjam sampai mati semasa menyebarkan ajaran Yesus. Stefanus juga merupakan lelaki yang telah disucikan, yang mampu berdoa untuk orang yang merejamnya walaupun dia tidak bersalah. Jadi betapa sayang Yesus kepadanya. Dia akan berjalan dengan Yesus Kristus selama-lamanya di syurga, dan keindahan dan kemuliaannya amatlah mengagumkan. Oleh itu, anda patut sedar bahawa perkara paling penting adalah kebenaran dan penyucian hati.

Kini tidak ramai orang yang mempunyai iman yang benar.. Yesus sendiri bertanya, *"Tetapi, adakah Anak Manusia akan menjumpai orang yang percaya kepada-Nya di bumi ini, apabila Dia datang?"* (Lukas 18:8) Betapa berharganya anda di mata Tuhan jika anda menjadi anak yang telah disucikan dengan mengekalkan iman dan menyingkirkan semua jenis kejahatan walaupun dalam dunia yang dipenuhi dosa.

Oleh itu, saya berdoa dalam nama Yesus Kristus supaya anda berdoa dengan tekun dan dengan segera menyucikan hati anda, serta mengharapkan kemuliaan dan ganjaran yang Tuhan Bapa akan berikan kepada anda di syurga.

Bab 10

Yerusalem Baru

1. Manusia di Yerusalem Baru Bersemuka Dengan Tuhan
2. Manusia Jenis Apakah yang Pergi ke Yerusalem Baru?

*Aku nampak kota suci itu, Yerusalem baru
turun dari syurga daripada TUHAN.
Kota itu sudah disiapkan
seperti pengantin perempuan
yang telah berhias untuk menemui suaminya.*

- Wahyu 21:2 -

Di dalam Yerusalem Baru, iaitu tempat paling indah dalam syurga dan dipenuhi kemuliaan Tuhan, terdapat Takhta Tuhan, istana Yesus Kristus dan Roh Kudus, dan rumah manusia yang sangat menyenangkan hati Tuhan dengan memiliki tahap iman tertinggi.

Rumah di Yerusalem Baru disediakan dengan paling indah, seperti yang diingini oleh pemilik mereka. Untuk masuk ke Yerusalem Baru, yang jernih dan indah seperti kristal, dan berkongsi kasih sebenar dengan Tuhan selama-lamanya, anda bukan sahaja perlu menyerupai hati suci Tuhan, malah melengkapkan tugas anda seperti yang dilakukan oleh Yesus Kristus.

Jadi, bagaimanakah keadaan di Yerusalem Baru dan siapakah yang akan ke sana?

1. Manusia di Yerusalem Baru Bersemuka Dengan Tuhan

Yerusalem Baru, yang juga dinamakan Bandar Suci syurga, adalah sangat indah seperti seorang pengantin perempuan yang menyediakan dirinya untuk suaminya. Manusia di sana mempunyai kelebihan bertemu secara bersemuka dengan Tuhan kerana Takhta-Nya berada di sana.

Ia juga dinamakan "bandar kemuliaan" kerana anda akan menerima kemuliaan daripada Tuhan selama-lamanya apabila anda masuk ke Yerusalem Baru. Temboknya diperbuat daripada batu jasper, dan bandar diperbuat daripada emas tulen, hening seperti kaca. Ia mempunyai tiga pintu gerbang di setiap empat sudut – utara, selatan, timur dan barat – dan terdapat seorang malaikat yang menjaga setiap pintu gerbang. 12 asas bandar ini diperbuat daripada 12 jenis batu permata.

12 Pintu Gerbang Mutiara Yerusalem Baru

Jadi, mengapakah 12 pintu gerbang Yerusalem Baru diperbuat daripada mutiara? Satu cangkerang bertahan lama dan memberikan semua rembesannya untuk menghasilkan sebiji mutiara. Dengan cara yang sama, anda perlu menyingkirkan dosa, menentangnya sehingga ke tahap menumpahkan darah dan setia ke titik maut di hadapan Tuhan, dengan ketahanan dan kawalan diri. Tuhan telah menciptakan pintu gerbang ini daripada mutiara kerana anda terpaksa mengatasi semua keadaan dengan sukacita untuk menjalankan tugas yang diberikan oleh Tuhan walaupun anda melalui jalan yang sempit.

Jadi apabila seseorang yang memasuki Yerusalem Baru melepasi pintu gerbang mutiara, mereka akan menitiskan air mata gembira dan teruja. Dia akan menyampaikan syukur dan kemuliaan yang tidak terhingga kepada Tuhan yang telah memimpinnya ke Yerusalem Baru.

Apa pula sebabnya Tuhan membuat 12 batu asas dengan 12 jenis batu permata yang berbeza? Hal ini kerana gabungan kepentingan 12 batu permata merupakan hati Yesus Kristus dan Tuhan Bapa.

Oleh itu, anda perlu menyedari makna kerohanian setiap batu permata dan mencapai makna rohaninya dalam hati anda untuk masuk ke Yerusalem Baru. Saya akan terangkan makna tersebut dengan terperinci dalam buku *Syurga II: Dipenuhi Kemuliaan Tuhan*.

Rumah di Yerusalem Baru dalam Kesatuan dan Kepelbagaian yang Sempurna

Rumah di Yerusalem Baru besar dan tersergam seperti istana. Setiap satunya unik mengikut pilihan pemiliknya, dan mempunyai kesatuan dan kepelbagaian yang sempurna. Pelbagai warna dan cahaya yang bersinar daripada batu permata memperlihatkan kepada anda keindahan dan kemuliaan yang tidak dapat digambarkan.

Orang ramai tahu siapa pemiliknya dengan hanya melihat rumah itu. Mereka akan memahami betapa banyak pemiliknya menyenangkan hati Tuhan semasa dia hidup di dunia dengan melihat cahaya kemuliaan dan batu permata yang menghiasi rumah.

Contohnya, rumah orang yang syahid di bumi ini akan mempunyai hiasan dan rekod yang memperlihatkan hati dan pencapaian pemiliknya sehingga menjadi syahid. Rekod ini dipahat di atas papan emas dan bersinar dengan sangat terang. Ia bertulis, "Pemilik rumah ini menjadi syahid dan memenuhi kehendak Tuhan Bapa pada sekian hari, sekian bulan dan sekian tahun."

Walaupun dari pagar rumah, orang ramai akan dapat melihat cahaya terang yang datang daripada papan emas yang mencatatkan pencapaian pemiliknya, dan setiap orang yang melihatnya akan tunduk hormat. Kesyahidan adalah satu kemuliaan dan ganjaran yang besar, dan ia menjadi kebanggaan dan sukacita Tuhan.

Memandangkan kejahatan tidak wujud di syurga, semua orang secara spontan akan menundukkan kepala mereka mengikut kedudukan dan kedalaman kasih Tuhan kepada seseorang. Seperti manusia yang menganugerahkan plak penghargaan atau penghargaan perkhidmatan untuk meraikan pencapaian besar, Tuhan juga memberikan plak kepada setiap seorang untuk meraikan mereka yang memuliakan-Nya. Anda akan dapati bahawa haruman dan cahaya adalah berbeza bergantung kepada jenis plak.

Selain itu, Tuhan menyediakan sesuatu dalam rumah manusia di mana mereka dapat mengingat kembali kehidupan mereka di bumi ini. Sudah tentu anda juga dapat melihat semula perkara pada masa silam yang berlaku bumi ini melalui sesuatu yang seperti televisyen.

Mahkota Emas atau Kebenaran

Jika anda masuk ke Yerusalem Baru, anda akan diberikan rumah sendiri dan mahkota emas, dan mahkota kebenaran akan diberikan bergantung kepada perbuatan anda. Ini merupakan mahkota yang paling menakjubkan dan indah di syurga.

Tuhan sendiri memberikan mahkota emas kepada manusia yang masuk ke Yerusalem Baru, dan di sekeliling Takhta Tuhan ada 24 orang pemimpin yang memakai mahkota emas.

> *Di lingkaran yang mengelilingi takhta itu terdapat*
> *dua puluh empat buah takhta lain. Di situ duduk dua*

puluh empat orang pemimpin yang berpakaian putih dan memakai mahkota emas (Wahyu 4:4).

"Pemimpin" di sini bukanlah bermaksud pangkat yang diberikan kepada di gereja di bumi, tetapi manusia yang benar dalam pandangan Tuhan dan diakui oleh Tuhan. Mereka telah disucikan dan telah mencapai ruang ibadat dalam hati mereka, serta ruang ibadat fizikal yang sebenar. "Mencapai ruang ibadat dalam hati" merujuk kepada menjadi manusia rohaniah dengan cara menyingkirkan segala jenis kejahatan. Mencapai ruang ibadat fizikal bermakna menjalankan tugas di bumi ini dengan sepenuhnya.

Nombor "dua puluh empat" merujuk kepada orang yang telah masuk ke pintu gerbang penyelamatan dengan iman seperti 12 suku Israel dan disucikan seperti 12 rasul Yesus Kristus. Oleh itu, "dua puluh empat orang pemimpin" merujuk kepada anak Tuhan yang diakui oleh Tuhan dan setia dalam semua rumah Tuhan.

Oleh itu, orang yang mempunyai iman seperti emas yang tidak pernah berubah akan menerima mahkota emas, dan orang yang menantikan kedatangan Yesus Kristus seperti rasul Paulus akan menerima mahkota kebenaran.

Aku sudah berusaha dengan sebaik-baiknya dalam perlumbaan dan aku sudah sampai di garis akhir. Aku tetap setia kepada Kristus sampai akhir. Sekarang hadiah kemenangan menantikan aku. Pada Hari Kiamat, Tuhan, Hakim yang adil akan menyerahkan hadiah itu kepadaku, kerana aku telah hidup menurut kehendak-Nya. Bukan aku sahaja yang akan menerimanya, tetapi juga semua orang yang menantikan kedatangan-Nya dengan penuh kerinduan (2 Timotius 4:7-8).

Orang yang menantikan kedatangan Yesus Kristus akan hidup dalam cahaya dan kebenaran, dan akan menjadi bekas yang disediakan dengan baik dan pengantin Yesus. Jadi mereka akan menerima mahkota yang sewajarnya.

Rasul Paulus tidak tergugat dengan apa-apa hukuman atau penderitaan, tetapi hanya cuba mengembangkan kerajaan Tuhan dan mencapai kebenaran-Nya dalam semua perkara yang dia lakukan. Dia memperlihatkan kemuliaan Tuhan yang besar ke mana-mana sahaja dia pergi, dengan kerja keras dan ketekunan. Itulah sebabnya Tuhan telah menyediakan mahkota kebenaran untuk rasul Paulus. Dan Dia akan memberikannya kepada orang yang menantikan kedatangan Yesus Kristus, seperti Paulus.

Setiap Keinginan dalam Hati Mereka akan Dipenuhi

Apa-apa sahaja yang anda inginkan di dunia ini, apa yang anda suka lakukan tetapi telah dikorbankan untuk Yesus – Tuhan akan kembalikan semua ini sebagai ganjaran kepada anda di Yerusalem Baru.

Oleh itu, rumah di Yerusalem Baru mempunyai segala-galanya yang anda mahukan, suapaya anda dapat melakukan apa-apa sahaja yang anda mahu. Sesetengah rumah mempunyai tasik supaya pemiliknya dapat menaiki bot dan ada rumah yang mempunyai hutan kecil di mana mereka dapat bersiar-siar.

Manusia di sini juga boleh duduk di meja teh di sudut taman yang indah dan berbual dengan orang tersayang. Ada rumah yang mempunyai padang kecil yang disediakan laman dan bunga, supaya mereka dapat berjalan di sini atau menyanyikan lagu pujian bersama pelbagai burung dan haiwan yang indah.

Dengan cara ini, Tuhan telah menyediakan di syurga segala-gala yang anda mahukan di dunia, tanpa ketinggalan satu objek pun. Betapa tersentuhnya hati anda apabila melihatkan semua yang disediakan oleh Tuhan untuk anda, dengan penuh perhatian?

Sebenarnya, dapat masuk ke Yerusalem Baru ini sendiri sudah merupakan satu sumber kegembiraan. Anda akan hidup dalam kegembiraan, kemuliaan dan keindahan yang tidak akan berubah selama-lamanya. Anda akan dipenuhi sukacita dan rasa teruja apabila anda melihat sekeliling, apabila anda melihat langit, atau apa-apa sahaja yang anda lihat.

Manusia berasa aman, selesa dan selamat berada di Yerusalem Baru kerana Tuhan menciptakannya untuk anak-anak-Nya yang benar-benar dikasihi-Nya, dan setiap sudut dipenuhi kasih-Nya.

Jadi apa-apa pun yang anda lakukan – sama ada anda berjalan, berehat, bermain, makan atau berbual dengan orang lain – anda akan dipenuhi kegembiraan dan sukacita. Pokok, bunga, rumput dan haiwan semuanya indah belaka, dan anda akan merasakan kemuliaan dengan kehebatan dari tembok istana, perhiasan dan kemudahan di dalam rumah.

Di Yerusalem Baru, kasih untuk Tuhan Bapa adalah seperti pancutan air dan anda akan dipenuhi kegembiraan, kesyukuran dan sukacita yang abadi.

Bersemuka dengan Tuhan

Di Yerusalem Baru, di mana wujud kemuliaan, keindahan dan kegembiraan pada tahap tertinggi, anda dapat bertemu Tuhan secara bersemuka dan berjalan dengan Yesus Kristus, dan hidup bersama orang tersayang selama-lamanya.

Anda juga akan dikagumi bukan sahaja oleh malaikat dan bala tentera syurga, tetapi semua orang di syurga. Selain itu, malaikat peribadi akan melayan anda seperti seorang raja, dan memenuhi setiap keperluan dan kehendak anda dengan sempurna. Jika anda mahu terbang di langit, kereta awan peribadi anda akan datang dan berhenti betul-betul di hadapan kaki anda. Sebaik sahaja anda masuk ke dalam kereta awan, anda dapat terbang di langit sebanyak yang anda mahu, atau anda boleh memandunya di darat.

Jadi jika anda masuk ke Yerusalem Baru, anda akan dapat berjumpa Tuhan secara bersemuka, hidup dengan orang tersayang selama-lamanya, dan semua keinginan anda akan dipenuhi dalam sekelip mata. Anda boleh mendapat apa-apa sahaja yang anda mahukan, dan akan dilayan seperti seorang putera atau puteri dalam cerita dongeng.

Menghadiri Jamuan di Yerusalem Baru

Di Yerusalem Baru, sentiasa ada jamuan. Kadangkala Tuhan Bapa akan menganjurkan jamuan, atau kadangkala Yesus Kristus atau Roh Kudus yang akan menganjurkannya. Anda dapat rasakan sukacita kehidupan di syurga melalui jamuan ini. Anda dapat rasakan kelimpahan, kebebasan, keindahan dan sukacita melalui jamuan ini.

Apabila anda menyertai jamuan yang dianjurkan oleh Tuhan Bapa, anda akan memakai pakaian dan perhiasan terbaik, makan dan minum segala-galanya yang terbaik. Anda juga akan menikmati muzik yang indah dan mendamaikan, puji-pujian dan tarian. Anda dapat melihat malaikat menari, atau kadangkala anda akan menari untuk menyenangkan hati Tuhan.

Malaikat lebih cantik dan menari dengan teknik sempurna, tetapi Tuhan lebih suka dengan aroma anak-anak-Nya yang mengenali hati-Nya dan mengasihi-Nya dari hati mereka.

Orang yang melayani dalam kebaktian penyembahan untuk Tuhan di bumi juga akan melayani dalam jamuan ini untuk menjadikannya lebih seronok, dan orang yang memuji Tuhan dengan nyanyian, tarian dan permainan juga akan melakukan perkara yang sama dalam jamuan di syurga.

Anda akan memakai pakaian lembut, dan kembang dengan banyak corak, mahkota yang indah dan perhiasan batu permata yang bersinar terang. Anda juga akan menaiki kereta awan atau pedati emas dengan diiringi malaikat untuk hadir ke jamuan makan. Tidakkah hati anda berdebar-debar dalam sukacita dan harapan dengan hanya dengan membayangkan hal ini?

Pesta Pelayaran di Laut Kaca

Di laut yang indah di syurga mengalir air yang jernih dan bersih seperti kristal tanpa sebarang kekotoran atau noda. Air di laut biru ini beralun lembut ditiup angin, dan berkilauan. Banyak jenis ikan berenang di dalam air yang jernih, dan apabila manusia mendekatinya, mereka akan menyambut kedatangan dengan menggoyangkan sirip dan menyatakan kasih mereka.

Di sini juga terdapat batu karang yang berkumpul dan meliuk-lintuk. Setiap kali ia bergerak, ia akan mengeluarkan cahaya dengan warna-warna yang cantik. Betapa indahnya pemandangan ini! Ada banyak pulau kecil di laut ini, dan kesemuanya kelihatan cantik. Tambahan pula, kapal pelayaran seperti "Titanic" belayar dan juga ada jamuan yang diadakan di atas kapal.

Kapal ini dilengkapi dengan banyak kemudahan seperti penginapan yang selesa, pusat boling, kolam renang, dan dewan besar supaya manusia dapat berseronok dengan apa-apa sahaja yang mereka mahu.

Hanya dengan membayangkan segala keseronokan di atas kapal ini, yang lebih hebat dan dihias lebih cantik berbanding kapal pelayaran di dunia, dengan Yesus Kristus dan orang yang anda sayangi, akan menjadi sukacita yang besar.

2. Manusia Jenis Apakah yang Pergi ke Yerusalem Baru?

Orang yang mempunyai iman seperti emas, yang menantikan kedatangan Yesus Kristus, dan yang menyediakan diri mereka seperti pengantin untuk Yesus Kristus, akan masuk ke Yerusalem Baru. Jadi, apakah jenis manusia yang anda patut jadi untuk layak masuk ke Yerusalem Baru yang jernih dan indah seperti kristal dan dipenuhi kurnia Tuhan?

Orang dengan Iman yang Menyenangkan Hati Tuhan

Yerusalem Baru adalah tempat untuk orang yang berada pada tahap iman kelima – yang bukan sahaja telah disucikan sepenuhnya hatinya malah setia dalam semua rumah Tuhan.

Iman yang menyenangkan hati Tuhan adalah jenis iman yang mana Tuhan amat berpuas hati dan Dia mahu memenuhi keinginan anak-Nya sebelum mereka meminta.

Jadi, bagaimanakah anda dapat menyenangkan hati Tuhan? Saya akan berikan satu contoh. Katakanlah seorang ayah pulang dari kerja, dan memberitahu dua orang anak lelakinya bahawa dia dahaga. Anak lelaki pertama, yang tahu ayahnya suka minum soda, membawakan segelas Coke atau Sprite untuk bapanya. Dia juga mengurut badan ayahnya untuk melegakan keletihan, walaupun bapanya tidak meminta.

Sebaliknya, anak lelaki yang kedua hanya membawakan segelas air untuk ayahnya dan kemudian masuk ke dalam bilik. Anak lelaki yang manakah lebih menyenangkan hati ayah, dan memahami hati ayahnya?

Walaupun anak lelaki kedua membawakan air hanya untuk mematuhi kata-kata ayahnya, si ayah tentu lebih senang hati dengan anak yang membawakan segelas Coke dan mengurutnya walaupun dia tidak meminta.

Dengan cara yang sama, perbezaan antara orang yang masuk ke Kerajaan Ketiga dan Yerusalem Baru terletak pada sejauh mana manusia menyenangkan hati Tuhan Bapa dan setia menurut kehendak Tuhan.

Manusia yang Mempunyai Roh Penuh dengan Hati Yesus Kristus

Manusia yang mempunyai iman yang menyenangkan hati Tuhan memenuhkan hati mereka hanya dengan kebenaran, dan setia dalam semua rumah Tuhan. Setia dalam semua rumah Tuhan bermaksud menjalankan tanggungjawab lebih daripada yang diharapkan dengan iman Yesus Kristus sendiri, yang patuh kepada kehendak Tuhan sehingga ke titik maut, dan tidak menghiraukan nyawa sendiri.

Oleh itu, orang yang setia dalam semua rumah Tuhan tidak bekerja dengan fikiran dan minda mereka sendiri, tetapi dengan hati Yesus iaitu hati rohani. Paulus menerangkan hati Yesus Kristus dalam Filipi 2:6-8.

Sebenarnya Dia ilahi, tetapi Dia tidak menganggap keadaan-Nya yang ilahi harus dipertahankan-Nya. Sebaliknya, Dia rela melepaskan segala-galanya, lalu menjadi seperti seorang hamba. Dia datang sebagai manusia, dan hidup seperti manusia. Dia merendahkan diri dan hidup dengan taat kepada TUHAN sehingga mati – iaitu mati di atas salib.

Sebagai balasan, Tuhan meninggikan-Nya, memberikan Dia nama di atas segala nama, memberikan-Nya tempat duduk di sebelah kanan Takhta Tuhan dengan kemuliaan, dan memberikannya kuasa sebagai "Raja Yang Terutama dan Tuhan yang Agung."

Oleh itu, sama seperti yang dilakukan oleh Yesus, anda perlu mematuhi kehendak Tuhan tanpa syarat untuk mendapatkan iman untuk masuk ke Yerusalem Baru. Jadi orang yang layak masuk ke Yerusalem Baru mesti memahami kedalaman hati Tuhan. Manusia begini akan menyenangkan hati Tuhan kerana dia setia sehingga titik maut untuk menurut kehendak Tuhan.

Tuhan memperelok anak-anak-Nya untuk memimpin mereka mendapatkan iman seperti emas supaya mereka akan dapat masuk ke Yerusalem Baru. Seperti pelombong yang mencuci dan menapis untuk mencari emas, Tuhan memerhatikan anak-anak-Nya apabila mereka berubah menjadi jiwa yang indah dan mencuci dosa mereka dengan firman-Nya. Apabila Dia mendapati anak-anak-Nya mempunyai iman seperti emas, Dia bersukacita dalam segala kesakitan, kesedihan dan kedukaan yang terpaksa dilalui-Nya untuk mencapai tujuan pemupukan manusia di dunia.

Orang yang memasuki Yerusalem Baru adalah anak Tuhan yang sebenar yang beruntung selepas menunggu untuk tempoh yang lama sehingga mereka mengubah hati mereka menjadi hati Yesus Kristus dan mencapai roh sempurna. Mereka amat berharga kepada Tuhan dan Dia amat menyayangi mereka. Itulah sebabnya Tuhan menyatakan, *"Semoga TUHAN yang mengurniai kita kesejahteraan, menjadikan kamu sungguh-sungguh hidup khas untuk TUHAN. Semoga TUHAN menjaga roh, jiwa, dan tubuh kamu, sehingga tidak bercacat cela pada masa Tuhan kita Yesus Kristus datang kembali"* dalam 1 Tesalonika 5:23.

Manusia yang Menjalankan Tugas Syahid dengan Sukacita

Syahid adalah mengorbankan nyawa diri sendiri. Oleh itu, ia memerlukan keteguhan hati dan pengabdian yang tinggi. Kemuliaan dan keselesaan yang diterima oleh seseorang selepas mengorbankan nyawa untuk mencapai kehendak Tuhan, seperti yang dilakukan oleh Yesus, tidak dapat dibayangkan.

Semua orang yang masuk ke Kerajaan Ketiga atau Yerusalem Baru tentu sekali mempunyai iman untuk menjadi syahid, tetapi orang yang benar-benar syahid menerima kemuliaan yang lebih besar. Jika anda tidak dapat menjadi syahid, anda perlu mempunyai hati seorang syahid, mencapai penyucian, dan memenuhi tugas anda sepenuhnya untuk menerima ganjaran seorang syahid.

Tuhan pernah mendedahkan kepada saya kemuliaan yang akan diterima di Yerusalem Baru oleh seorang hamba Tuhan di gereja saya apabila dia memenuhi tugas syahid.

Apabila dia masuk ke syurga selepas memenuhi tugasnya, dia akan mengalirkan air mata tidak berhenti-henti dalam kesyukuran akan kasih Tuhan apabila melihat rumah yang disediakan untuknya. Di pagar rumahnya, ada sebuah taman yang besar yang dipenuhi banyak jenis bunga, pokok dan hiasan lain. Dari taman ke bangunan utama terdapat jalan emas, dan bunga-bunga memuji pencapaian pemilik mereka dan menenangkan hatinya dengan haruman yang indah.

Selain itu, burung-burung dengan bulu emas menyinarkan cahaya dan pokok-pokok yang cantik ditanam di sekeliling taman. Ramai malaikat, semua haiwan malah burung-burung akan memuji pencapaian syahid dan menyambut kedatangannya, dan apabila dia berjalan di jalan yang dipenuhi bunga, kasihnya terhadap Yesus Kristus menjadi aroma yang indah. Dia akan berterusan mengucapkan syukur dari dalam hatinya.

> "Yesus Kristus benar-benar mengasihi saya dan memberikan saya tugas yang berharga! Itulah sebabnya saya dapat berada dalam kasih Tuhan Bapa!"

Di dalam rumah, banyak batu permata berharga menghiasi dinding, dan cahaya daripada batu akik yang berwarna merah darah serta nilam amat menakjubkan. Batu akik menunjukkan bahawa dia telah mencapai tahap semangat untuk mengorbankan hidupnya dan kasih yang sungguh-sungguh, seperti yang dilakukan oleh rasul Paulus. Batu nilam mewakili hatinya yang benar dan tidak pernah berubah serta integriti untuk menegakkan kebenaran sehingga titik maut. Ini adalah untuk mengingati syahid.

Di bahagian dinding luar pula ada tulisan yang ditulis oleh Tuhan sendiri. Ia mencatatkan masa pemiliknya berhadapan dengan ujian, bila dan bagaimana dia menjadi syahid, dan dalam keadaan apa dia mencapai kehendak Tuhan. Apabila manusia yang beriman mencapai syahid, mereka memuji Tuhan atau kadangkala mengungkapkan kata-kata untuk memuliakan-Nya. Kata-kata seperti itu akan ditulis pada dinding ini. Tulisan ini bersinar terang dan anda akan mengaguminya serta dipenuhi kegembiraan dengan membacanya serta melihat cahaya yang keluar daripadanya. Sungguh mengagumkan kerana Tuhan, iaitu cahaya itu sendiri yang menulisnya! Oleh itu, sesiapa yang melawat rumah ini akan tunduk di hadapan tulisan yang ditulis oleh Tuhan sendiri!

Pada dinding dalam di ruang tamu terdapat banyak skrin dengan banyak jenis mural. Lukisan ini menerangkan hidupnya sejak dia bertemu Yesus – betapa dia mengasihi Yesus, dan jenis kerja yang dilakukannya dan keadaan hatinya pada masa-masa tertentu.

Di satu sudut taman pula ada banyak jenis peralatan sukan yang dibuat daripada bahan yang menakjubkan dan banyak hiasan yang tidak dapat digambarkan di dunia ini. Tuhan menciptakan semuanya untuk menyenangkannya kerana dia suka akan sukan, tetapi mengorbankan hal ini untuk kerja Tuhan. Dumbel yang tidak diperbuat daripada besi atau keluli seperti di dunia, tetapi diciptakan oleh Tuhan dengan hiasan istimewa. Ia seperti batu permata berharga yang bersinar indah. Yang menakjubkan, beratnya berbeza bergantung kepada orang yang menggunakannya. Peralatan ini tidak digunakan untuk bersenam, tetapi disimpan sebagai cenderahati dan untuk menyenangkan hati.

Bagaimanakah perasaannya melihatkan semua benda yang Tuhan telah sediakan untuknya? Dia terpaksa mengorbankan keinginannya untuk Yesus Kristus tetapi kini hatinya menjadi senang, dan dia juga sangat bersyukur terhadap kasih Tuhan Bapa.

Dia tidak berhenti-henti mengucapkan syukur dan memuji Tuhan dengan air mata kerana hati Tuhan yang lembut dan mengambil berat menyediakan segala-galanya yang dia mahukan, tiada apa pun keinginan hatinya yang ketinggalan.

Manusia Disatukan Sepenuhnya dengan Yesus Kristus dan Tuhan

Di Yerusalem Baru, Tuhan menunjukkan kepada saya, ada rumah yang sebesar sebuah bandar. Ia amat menakjubkan sehingga saya sendiri terkejut dengan saiz, keindahan dan kemegahannya.

Rumah yang agam ini mempunyai 12 pagar – tiga pagar di utara, selatan, timur dan barat. Di tengah-tengahnya ada sebuah istana tiga tingkat, dihias dengan emas tulen dan segala jenis permata berharga.

Di tingkat satu, ada dewan besar di mana anda tidak dapat melihat hujungnya dari hujung yang satu lagi, dan ada banyak ruang tamu di sini. Bilik ini digunakan untuk jamuan dan juga sebagai tempat bertemu. Di tingkat kedua, ada bilik-bilik untuk menyimpan dan mempamerkan mahkota, pakaian dan cenderahati, dan juga tempat untuk menerima kunjungan nabi. Tingkat ketiga adalah tempat khas yang digunakan untuk bertemu dengan Yesus Kristus dan berkongsi kasih dengannya.

Di sekeliling istana, terdapat dinding yang diliputi bunga yang mengeluarkan aroma harum. Sungai Air Kehidupan mengalir perlahan di sekeliling istana dengan tenang, dan merentasi sungai, terdapat jambatan melengkung berbentuk awan dengan warna-warna pelangi.

Di dalam taman, terdapat banyak jenis bunga, pokok dan rumput yang menjadikan menyempurnakan keindahan. Di seberang sungai, ada satu hutan yang luas dan sukar digambarkan.

Di sini juga terdapat taman hiburan yang mempunyai

banyak permainan seperti kereta api kristal, permainan Viking yang diperbuat daripada emas, dan kemudahan lain yang dihias dengan batu permata. Permainan ini memberikan sinaran yang indah setiap kali beroperasi. Di sebelah taman hiburan terdapat jalan bunga yang luas, dan di seberangnya ada kawasan padang di mana haiwan bermain dan berehat dengan tenang seperti padang rumput di dunia.

Selain itu, ada banyak rumah dan bangunan yang dihias dengan pelbagai batu permata yang memantulkan cahaya indah dan misteri di kawasan sekelilingnya. Bersebelahan taman, ada air terjun, dan di belakang bukit ada laut di mana kapal besar seperti "Titanic" belayar. Ini semua sebahagian daripada sebuah rumah, jadi anda bayangkan sendiri betapa besar dan luasnya kawasan rumah ini.

Rumah ini, yang seperti sebuah bandar besar, adalah tempat pelancongan di syurga, dan menggamit kedatangan ramai orang bukan sahaja dari Yerusalem Baru malah semua tempat di syurga. Orang ramai berseronok di sini dan berkongsi kasih Tuhan. Di sini juga, ramai malaikat melayan pemiliknya, menjaga bangunan dan kemudahan, mengiringi kereta awan, dan memuji Tuhan dengan menari dan bermain alat muzik. Semuanya disediakan untuk menjamin kegembiraan dan keselesaan sepenuhnya.

Tuhan telah menyediakan rumah ini kerana pemiliknya telah mengatasi semua jenis ujian dan cabaran dengan iman, harapan dan kasih, dan telah memimpin ramai orang ke jalan penyelamatan dengan firman Tuhan dan kuasa Tuhan, dengan mengasihi Tuhan terutama dan melebihi segala-galanya.

Tuhan yang Maha Mengasihi ingat akan segala usaha dan air mata anda serta membalas balik bergantung kepada usaha yang anda lakukan. Dia mahu semua orang untuk bersatu dengan-Nya dan Yesus Kristus dengan kasih yang memberikan kehidupan dan menjadi pekerja rohani untuk memimpin ramai orang ke jalan penyelamatan.

Orang yang mempunyai iman yang dapat menyenangkan hati Tuhan dapat bersatu dengan-Nya dan Yesus Kristus melalui kasih yang memberikan kehidupan, kerana mereka bukan sahaja menyerupai hati Yesus dan mencapai roh sempurna, tetapi mengorbankan nyawa untuk menjadi syahid. Mereka benar-benar mengasihi Tuhan dan Yesus Kristus. Walaupun sekiranya syurga tidak wujud, mereka tidak akan menyesal atau berasa kehilangan apa yang mereka dapat nikmati dan dapat di dunia. Hati mereka berasa gembira dan seronok untuk berbuat menurut firman Tuhan dan bekerja untuk Yesus Kristus.

Sudah tentu orang yang mempunyai iman sebenar hidup dengan harapan untuk mendapat ganjaran yang akan diberikan oleh Yesus di syurga, seperti yang dinyatakan dalam Ibrani 11:6, *"Tanpa iman, tidak seorang pun dapat menyenangkan hati TUHAN. Orang yang datang kepada TUHAN mesti percaya bahawa TUHAN wujud, dan bahawa TUHAN menganugerahi orang yang mencari-Nya."*

Namun begitu, ia tidak penting kepada mereka, sama ada syurga wujud atau tidak, sama ada mereka mendapat ganjaran atau tidak, kerana ada perkara yang lebih berharga. Mereka berasa amat gembira melebihi segala-galanya untuk bertemu Tuhan Bapa dan Yesus Kristus, yang amat mereka kasihi. Oleh itu, tidak dapat bertemu Tuhan Bapa dan Yesus adalah lebih malang dan sedih berbanding tidak menerima ganjaran atau tidak dapat tinggal di syurga.

Orang yang menunjukkan kasih yang tidak berbelah kepada kepada Tuhan dan Yesus Kristus dengan mengorbankan nyawa mereka walaupun tiada ganjaran kehidupan syurga yang menggembirakan, akan disatukan dengan Tuhan Bapa dan Yesus Kristus, pengantin lelaki mereka melalui kehidupan yang memberikan kasih. Betapa hebatnya kemuliaan dan ganjaran yang Tuhan telah sediakan untuk mereka!

Rasul Paulus, yang menantikan kedatangan Yesus Kristus dan bertungkus-lumus dalam kerja Yesus Kristus serta memimpin ramai orang menuju jalan penyelamatan, mengakui hal ini:

> *Aku yakin bahawa tiada sesuatu pun dapat menghalang Kristus mengasihi kita: baik kematian mahupun kehidupan, baik malaikat mahupun penguasa lain di angkasa, baik hal-hal yang berlaku sekarang mahupun pada masa yang akan datang; baik hal-hal yang di langit mahupun yang di bumi – tidak ada sesuatu pun di alam semesta yang dapat menghalang TUHAN mengasihi kita, seperti yang sudah ditunjukan-Nya melalui Krostus Yesus, Tuhan kita!* (Roma 8:38-39)

Yerusalem Baru adalah tempat untuk anak Tuhan yang bersatu dengan Tuhan Bapa melalui kasih seperti ini. Yerusalem Baru yang jernih dan indah seperti kristal di mana akan ada kegembiraan yang tidak tergambarkan dan berkelimpahan, yang disediakan dengan cara itu.

Tuhan Bapa bukan sahaja mahu semua orang diselamatkan, tetapi juga menyerupai kesucian dan kesempurnaan-Nya supaya mereka dapat masuk ke Yerusalem Baru.

Oleh itu, saya berdoa dalam nama Yesus Kristus agar anda akan menyedari bahawa Yesus telah ke syurga untuk menyediakan ruang untuk anda, akan kembali tidak lama lagi, dan mencapai roh sempurna dan mengekalkan diri anda dalam keadaan tidak berdosa supaya anda akan menjadi pengantin yang indah yang dapat berkata, "Datanglah segera, Yesus Kristus."

Penulis:
Dr. Jaerock Lee

Dr. Jaerock Lee dilahirkan di Muan, Wilayah Jeonnam, Republik Korea, pada tahun 1943. Dalam usia 20-an, Dr. Lee menderita pelbagai penyakit yang tidak dapat disembuhkan selama tujuh tahun dan menunggu kematian tanpa harapan untuk sembuh. Suatu hari dalam musim bunga pada tahun 1974, beliau dibawa ke sebuah gereja oleh kakaknya dan apabila beliau melutut untuk berdoa, Tuhan yang Maha Hidup menyembuhkan semua penyakitnya dengan serta-merta.

Sejak Dr. Lee bertemu Tuhan yang Maha Hidup melalui pengalaman menakjubkan ini, beliau mengasihi Tuhan dengan sepenuh hati dan keikhlasan, dan pada tahun 1978, beliau telah terpanggil untuk menjadi hamba Tuhan. Beliau berdoa dengan bersungguh-sungguh supaya dapat memahami dengan jelas kehendak Tuhan, dan sepenuhnya mencapai tahap ini serta mematuhi semua Firman Tuhan. Pada tahun 1982, beliau mengasaskan Gereja Pusat Manmin di Seoul, Korea, dan menjalankan banyak kerja Tuhan, termasuklah keajaiban penyembuhan dan mukjizat, semuanya berlaku di gerejanya.

Pada tahun 1986, Dr. Lee telah ditahbiskan sebagai seorang pastor pada Perhimpunan Tahunan Yesus Gereja Sungkyul di Korea, dan empat tahun selepas itu, pada tahun 1990, khutbahnya mula disiarkan di Australia, Rusia, Filipina, dan banyak negara lain melalui Far East Broadcasting Company (Syarikat Penyiaran Far East), Asia Broadcast Station (Stesen Penyiaran Asia) dan Washington Christian Radio System (Sistem Radio Kristian Washington).

Tiga tahun selepas itu, pada tahun 1993, Gereja Pusat Manmin telah dipilih sebagai "50 Gereja Teratas Dunia" oleh majalah *Christian World* (Amerika Syarikat) dan beliau menerima Honorary Doctorate of Divinity dari Christian Faith College, Florida, Amerika, dan Ijazah Doktor Falsafah (Ph.D) dalam Pelayanan pada tahun 1996 daripada Kingsway Theological

Seminary, Iowa, Amerika Syarikat.

Sejak tahun 1993, Dr. Lee telah menerajui misi dunia melalui banyak crusade ke luar negara seperti ke Tanzania, Argentina, Uganda, Jepun, Pakistan, Kenya, Filipina, Honduras, India, Rusia, Jerman, Peru, Republik Demokratik Congo, Israel dan Los Angeles, Baltimore, Hawaii, dan New York di Amerika Syarikat. Pada tahun 2002, beliau digelar "pastor sedunia" oleh akhbar Kristian utama di Korea atas sumbangan kerjanya dalam pelbagai crusade di luar negara.

Setakat Ogos 2016, Gereja Pusat Manmin mempunyai lebih daripada 120,000 orang ahli. Terdapat 10,000 cawangan gereja di dalam dan luar negara di seluruh dunia, dan setakat ini lebih 102 missionari telah dihantar ke 23 negara, termasuklah Amerika Syarikat, Rusia, Jerman, Kanada, Jepun, China, Perancis, India, Israel, Kenya dan banyak lagi.

Pada tarikh buku ini diterbitkan, Dr. Lee telah menulis 105 buah buku, termasuklah yang mendapat sambutan hangat seperti *Tasting Eternal Life before Death, My Life My Faith I & II, The Message of the Cross, The Measure of Faith, Heaven I & II, Hell,* dan *The Power of God.* Hasil kerjanya telah diterjemahkan ke dalam lebih 76 bahasa.

Penulisan kolumnya diterbitkan dalam *The Hankook Ilbo, The JoongAng Daily, The Dong-A Ilbo, The Chosun Ilbo, The Hankyoreh Shinmun, The Seoul Shinmun, The Kyunghyang Shinmun, The Korea Economic Daily, The Korea Herald, The Shisa News,* dan *The Christian Press.*

Dr. Lee kini merupakan pemimpin bagi banyak organisasi dan persatuan Kristian: termasuk sebagai Pengerusi The United Holiness Church of Jesus Christ; Pengasas & Pengerusi Lembaga, Global Christian Network (GCN); Pengasas & Pengerusi Lembaga The World Christian Doctors Network (WCDN); dan Pengasas & Pengerusi Manmin International Seminary (MIS).

Buku-buku lain yang hebat daripada penulis yang sama

Syurga I & II

Lakaran yang terperinci tentang persekitaran hidup yang sangat elok yang dinikmati oleh warga syurga, dan gambaran indah tentang tahap-tahap kerajaan syurga.

Pesanan Salib

Pesanan yang berkuasa dan membangunkan bagi semua orang yang tidur rohani! Dalam buku ini anda akan memahami sebab Yesus satu-satunya Penyelamat, dan kasih sebenar Tuhan.

Neraka

Pesanan yang sungguh-sungguh daripada Tuhan kepada semua umat manusia, yang tidak mahu walau satu jiwa pun masuk ke Neraka! Anda akan mengetahui perkara yang tidak pernah diterangkan di mana-mana sebelum ini tentang penderitaan di Kubur Bawah dan Neraka.

Hidup Saya Iman Saya I & II

Aroma kerohanian paling harum yang diambil daripada kehidupan yang mencintai Tuhan, di tengah-tengah gelombang gelap, penderitaan dan rasa putus asa yang paling dalam.

Ukuran Iman

Apakah tempat tinggal, mahkota dan ganjaran yang disediakan untuk anda di syurga? Buku ini memberikan kebijaksanaan dan bimbingan untuk anda mengukur tahap iman dan memupuk iman yang terbaik dan paling matang.

www.urimbooks.com

www.ingramcontent.com/pod-product-compliance
Lightning Source LLC
LaVergne TN
LVHW091635070526
838199LV00044B/1077